AF466154

MESDEMOISELLES

DE MARSANGE.

SECONDE PARTIE.

A LA HAYE.

M. DCC. LVII.

MESDEMOISELLES DE MARSANGE.

SECONDE PARTIE.

JULIE écoutoit ſa Sœur avec admiration ; mais quoiqu'elle n'eût point deſſein de la contredire, elle n'approuvoit nullement cette maxime, dont elle craignoit fort que le ſuccès ne fût pas tel qu'elle le prétendoit. Ce n'étoit point le Comte ſeul que ſes procédés rebutoient ; elle s'étoit attiré la la haine génerale de tous les Domeſtiques : non qu'elle manquât

MESDEMOISELLES DE MARSANGE.

SECONDE PARTIE.

JULIE écoutoit sa Sœur avec admiration; mais quoiqu'elle n'eût point dessein de la contredire, elle n'approuvoit nullement cette maxime, dont elle craignoit fort que le succès ne fût pas tel qu'elle le prétendoit. Ce n'étoit point le Comte seul que ses procédés rebutoient; elle s'étoit attiré la la haine génerale de tous les Domestiques: non qu'elle manquât de bonté pour eux dans les choses essentielles, ni qu'elle leur fît tort, ou qu'elle ne fût point assez généreuse à leur égard ; au contraire, ils n'avoient que des sujets de s'en louer. Mais c'étoit sans en avoir aucune reconnoissance ; parce qu'elle leur faisoit sentir trop fierement que les graces qu'elle leur accordoit, étoient effectivement des graces que des procédés si humilians lui faisoient trouver trop payées.

Il y avoit entr'autres dans cette maison une vieille domestique, ancienne femme-de-chambre de la Marquise: elle l'avoit vu naître, & par affection elle s'étoit attachée à lui rendre plus de services dans ses premieres années, qu'elle n'en avoit reçus de ses propres gouvernantes. Cette femme ne pouvoit s'habituer au profond respect qu'elle exigeoit d'elle, en réprimant ſans miſericorde la moindre liberté où elle oſoit ſe licencier ; comptant pour rien les autres agrémens qu'elle en recevoit, puiſqu'elle la privoit de celui d'une familiarité qu'elle croyoit avoir aſſez acquiſe, par quarante années de fidéles ſervices, auprès de la Marquiſe ſa mere, qui n'en uſoit pas de la ſorte : & elle lui vouloit un mal infini.

Madame Morin (c'eſt le nom qu'elle portoit) trouvant le caractere de Julie tout opposé à celui de ſa ſœur, s'y attacha à proportion des careſſes qu'elle en recevoit. Se prenant pour elle de la plus vive tendreſſe, elle l'appelloit ſa chere fille, & ſe licencioit quelquefois juſqu'à la tutoyer, ce que la petite trouvoit bon ; au lieu que Mademoiſelle de Marſange la reprenoit ſéverement, quand elle oſoit manquer à la moindre circonſtance de la plus reſpectueuſe ſoumiſſion.

JULIE élevée au Couvent, en avoit pris les foibleſſes, & joignoit à la peur de voir courir après elle les ſept péchés mortels, armés de fourches, de lances & de feux, celle des eſprits, revenans, ſorciers, loup-garoux & autres menues ſottiſes conventuelles; enſorte qu'elle n'oſoit coucher ſeule dans ſon lit. Mais au lieu que ſa ſœur auroit ordonné en pareille occaſion d'un air ſec à la Morin de coucher avec elle, Julie l'en avoit ſuppliée affectueuſement d'une maniere ſi flatteuſe, que cette femme s'en trouva extrêmement honorée, lui tenant compte de la façon dont elle le lui avoit demandé, qui, au lieu d'un commandement, avoit tout l'air d'une très-humble priere.

Tant qu'elle avoit ſemblé ne devoir faire que peu de ſéjour dans le monde, la prudente Morin s'étoit contentée de répondre à ſes careſſes en y encheriſſant. Elle n'avoit point eſſayé à l'inſtruire des affaires de ſa maiſon, regardant ce ſoin comme une choſe inutile ; mais voyant que ſon ſort étoit décidé d'une autre façon, elle jugea important à ſes interêts, de chercher à s'en faire une protectrice ; & voulant lui faire ſa cour, elle commença inſenſiblement à la traiter plus reſpectueuſement, avec plus de cérémonie que ci-devant, ſans toutefois ceſſer de lui témoigner une extrême affection.

Elle l'inſtruiſit de tout ce qui regardoit les affaires de ſa famille, diſant entr'autres choſes que, si son pere l'aimoit autant que son aînée, il lui seroit facile de faire un fonds pour elle; qu'il n'y auroit qu'à reformer un peu de sa dépense, & qu'en moins de trois ans, s'il ne la faisoit pas absolument riche, il la mettroit du moins en état d'attendre après sa mort de quelle sorte sa sœur & son beau-frere en useroient avec elle : que s'ils faisoient leur devoir ce seroit tant mieux; mais que s'ils n'avoient pas de procédés convenables, elle seroit en situation de s'en passer.

Je ne le dirois pas à d'autres, ajouta la Morin; quoiqu'elle paroisse vous aimer aujourd'hui, ce n'est point une raison pour qu'elle vous aime demain. La moindre contradiction de votre part vous fera perdre sa protection & ses bienfaits. Car il ne faut point vous abuser, poursuivit cette dangereuse personne ; vous êtes dans l'erreur, si vous prenez pour une preuve de sa tendresse & de sa générosité, ce qu'elle a fait pour vous. Elle n'en auroit pas pris la peine, si cela n'eût flatté son orgueil, qui s'est cru offensé de l'opposition que son pere a osé mettre pour la premiere fois à sa volonté.

JULIE, de qui le caractere étoit facile, croyant que tout ce qu'elle entendoit partoit d'un cœur sincere, se livra entierement au conseil de Madame Morin ; & lui rendant confidence pour confidence, elle ne lui cacha rien des dégoûts du Comte, occasionnés par les mauvais procédés de sa sœur, non plus que la peur qu'elle avoit, qu'enfin, rebuté de ses hauteurs, il ne prît un parti violent. N'en doutez pas, s'écria la Morin, cela arrivera ; & je ne puis m'empêcher de dire que ce seroit bien fait, s'il n'y avoit qu'elle qui en dût souffrir. Mais je plains Monsieur le Marquis, malgré l'aveuglement où il est pour cette fille orgueilleuse ; & je plains encore plus votre déplorable Mere, qui est si bonne, qu'il n'est point possible de ne se pas interesser au malheur qui la menace.

La confidence de Julie à la Morin, & les remarques qu'elle même faisoit, ainsi que celles qu'avoit faites M. de Marsange, mirent presque cette femme au fait des sentimens du Comte, en lui faisant présumer que s'il n'étoit point encore amoureux de cette jeune personne, il ne tarderoit point à le devenir, & qu'il n'auroit pas de peine à desirer l'échange des sœurs, ni à souhaiter d'épouſer plutôt Julie que ſon aînée.

ENVISAGEANT d'un coup d'œil l'avantage qui lui en reviendroit, elle le ſouhaita de tout ſon cœur; & ne cachant point ſa penſée à ſa jeune Maîtreſſe, tant pour la lui faire trouver agréable, que pour vaincre les ſcrupules, qu'elle ne doutoit point qu'une éducation vertueuſe lui devoit avoir inſpirés, lorſqu'il s'agiſſoit de ſupplanter une ſœur à qui elle croyoit devoir tout, elle jugea à propos de lui tourner ce projet vague du côté de la néceſſité d'aſſurer un heureux ſort à ſa famille, & de la garantir de l'infortune qu'une conduite trop imperieuſe étoit prête à lui attirer.

CE qu'elle avoit prévu arriva. Sous quelque belle apparence que fut enveloppée cette propoſition, elle la rejetta d'abord ; mais quelques jours après, une nouvelle querelle étant arrivée entre les Amans, dont elle fit le récit à la Morin, à qui elle dit naïvement que sa sœur continuoit à avoir grand tort, occasionna une nouvelle conversation à ce sujet. Elle ne me veut pas croire, disoit-elle; mais je suis persuadée qu'elle s'en repentira. Ce seroit peut-être déja une chose faite, sans la complaisance que j'ai de le consoler & d'écouter ses plaintes; il est outré contr'elle: cependant, quoique je l'en avertisse, loin de chercher à l'adoucir, elle augmente tous les jours ses mépris & ses mauvais procédés. Enfin, ma chere bonne, il m'a dit aujourd'hui qu'il voyoit qu'elle se lassoit de lui; mais que son intention n'étoit point de l'épouser malgré elle, n'en ayant jamais formé le dessein que pour l'obliger; & que non-seulement il le lui diroit à la premiere occasion, mais qu'il prendroit le parti de se retirer chez lui, où il ne seroit point exposé aux traitemens qu'il en recevoit : qu'à l'égard de mon Pere, qu'il respectoit comme s'il étoit le sien, il prendroit tous les biais qui se pourroient inventer, pour lui faire passer le reste de ses jours paisiblement ; & qu'au lieu du bien qu'il lui auroit pu faire par son mariage, il lui assureroit la jouissance de celui de sa Mere, en cas qu'il mourût avant lui.

J'ai rapporté toute cette conversation à ma sœur, poursuivit-elle ; mais au lieu de s'en effrayer, elle s'est mocquée de moi, & m'a dit que de tels discours étoient bons, tout au plus, à faire peur à des enfans ; qu'il étoit aisé de voir que me regardant sur ce pied, il l'avoit fait pour m'effrayer ; mais que je pouvois me tranquilliſer ſur un accident impoſſible, & que j'étois folle de m'en allarmer.

C'EST bien plutôt elle qui l'eſt, répliqua la Morin, ravie interieurement de ce qu'elle entendoit; elle s'en repentira trop tard. Mais vous, ma chere fille, vous ſeriez auſſi coupable qu'elle eſt imprudente, ſi vous balanciez à faire votre devoir, en empêchant le Comte de prendre une alliance dans une autre maiſon; ce qui feroit votre ruine totale. Car pour croire qu'il feroit à votre pere les avantages qu'il dit, cela ne ſe peut; celle qu'il épouſeroit l'en empêcheroit: & quant à votre ſœur, je gagerois qu'il ne s'engagera jamais avec elle. Il la va planter là: c'eſt donc à vous à vous emparer d'un bien qu'elle abandonne. Croyez-moi, je m'y connois,

& je vois qu'il y a plus de quinze jours qu'il ne l'aime plus. C'eſt de vous & de votre douceur dont il eſt amoureux. Pour peu que vous ſecondiez ſon inclination, vous profiterez des pertes d'une orgueilleuſe ; elles ſont certaines : vous ne lui ferez point de tort de prendre un bien qui eſt abſolument perdu pour elle. En un mot, que vous écoutiez ou non ſon Amant, vous pouvez être ſûre qu'il l'abandonnera à ſes caprices : & ſi vous perſiſtez dans le ſcrupule de n'en pas vouloir profiter, voilà votre famille retombée dans la derniere miſere.

Je crains, reprit Julie, que le Comte ne ſe rebute ; mais ce n'eſt point encore une choſe aſſurée ; elle peut ne point arriver : d'ailleurs, il y auroit trop d'ingratitude de ma part d'enlever à ma ſœur un établiſſement auſſi conſiderable,

VOYEZ le grand mal, répartit Madame Morin ; est-ce vous qui êtes cause qu'il n'en veut plus ? au contraire, vous lui donnez incessamment des conseils qu'elle n'est pas assez sage pour suivre. Que lui importe que vous profitiez de ce qu'elle méprise ? au pis-aller, elle vous a fait assurer un asyle, vous lui en offrirez autant ; & elle n'aura pas sujet de se plaindre.

QUOIQUE Julie parût inébranlable aux propositions de la Morin, elle les goûtoit interieurement. Le Comte lui plaisoit, d'autant plus que c'étoit le premier homme aimable qu'elle eût vu de sa vie, & que l'humeur extraordinaire de sa soeur lui faisant appréhender qu'en effet elle ne changeât de sentimens pour elle, elle envisageoit avec frayeur qu'elle seroit du moins forcée, pour conserver son amitié, de rester éternellement dans la plus parfaite soumission ; mais que malgré toute sa bonne volonté & ses soins, il ne faudroit peut-être qu'un caprice pour la rendre la plus malheureuse personne du monde.

L'OBÉISANCE ne lui coûta rien d'abord. L'usage du Cloître qu'elle avoit pratiqué toute sa vie, lui en avoit rendu la nécessité facile ; mais insensiblement l'indépendance où elle voyoit Mademoiselle de Marsange la frappant, lui faisoit envisager sa condition comme plus agréable que celle d'obéir servilement & sans cesse. Cet appas, joint à la crainte de l'avenir, la dégoûta de sa situation présente : elle trouvoit qu'il seroit bien plus flatteur pour elle de ne devoir son bien-être qu'à la fortune que lui assureroit un époux, que de la tenir d'une sœur, sur l'incertitude de sa bienveillance. Pour achever de dissiper ses scrupules, elle se dit à elle-même, qu'après avoir fait ce qu'elle avoit pu pour l'engager à prendre le parti, qui seul la pouvoit rendre heureuse, elle étoit dégagée suffisamment de tout ce qu'elle lui devoit. Mais la dissimulation naissant dans son cœur à même tems que l'ingratitude, elle ne fit point de part à sa Confidente du nouveau point de vue dont elle envisageoit cette aventure. Elle continua à feindre une répugnance invincible pour ce qu'elle lui proposoit, en y ajoutant l'impossibilité de l'exécution ; ce qu'elle ne faisoit que pour s'instruire des expédiens qu'elle y employeroit. Car enfin, disoit-elle à cette femme, quand je pourrois me résoudre à lui faire

faire ce chagrin, supposé que le Comte y consentît, pensez-vous que mon pere le voudroit permettre? Vous m'assurez...... & je n'en doute point, qu'elle est le seul objet de sa tendresse. Je ne puis ignorer la peine qu'il a eue à me souffrir dans le monde, & je ne dois pas me flatter qu'il se prêtât à un changement si mortifiant pour son aînée, qui seroit capable de la faire mourir de douleur.

La Morin répondit que cet obstacle étoit peu considerable; puisque, dès que le Comte le voudroit serieusement, Monsieur de Marsange n'auroit rien de meilleur à faire que de consentir à ce qu'il souhaiteroit, plutôt que de perdre entierement l'espoir de son alliance.

Quoique la difficulté fût levée par cette réplique, & qu'elle flattoit agréablement Julie, la nouvelle résolution qu'elle venoit de prendre, de n'admettre personne dans sa confidence, l'empêcha de témoigner à la Morin l'impression que son entretien avoit fait sur elle, & la résolution où elle étoit de suivre un plan si flatteur. Mais pour n'être point obligée de s'expliquer, & de peur de se trahir par quelques mots hazardés mal-à-propos, elle feignit de s'endormir ; & la domestique, croyant que c'étoit de bonne-foi, s'endormit veritablement.

Il n'en fut pas de même de Julie ; loin de s'abandonner au sommeil, elle n'avoit jamais été plus éveillée. Elle avoit pris la résolution de tenter cette grande aventure. Les raisons que la Dame Morin lui avoit fournies, pour lui ôter l'appréhension des refus de ſon pere, la détermi-noient entierement; & ſans s'arrêter un moment ſur le tort qu'elle alloit faire à une ſœur à qui elle étoit ſi redevable, elle ne ſongea qu'à trouver les moyens de triompher dans le cœur du Comte ſans ſe compromettre. Elle étoit jeune, ſans experience, & n'avoit reçu dans ſon Monaſtere aucun exemple ni aucune leçon de duplicité ou de perfidie. Mais le deſir de faire une groſſe fortune lui ſervit de maître dans le grand art de la fourberie.

Elle commença par ſe faire un capital d'empêcher que ſa ſœur ne conçût aucun ſoupçon de ſon deſſein; ce qui ne lui fut pas difficile. Mademoiſelle de Marſange avoit beaucoup d'eſprit; mais comme ſon ame étoit remplie de droiture, & qu'elle n'étoit pas capable d'une action ſemblable, ſa franchiſe ne lui permettoit point de croire qu'il y eût quelqu'un qui pût l'imaginer, ſur-tout ſa ſœur : ce qui facilita à Julie les moyens d'entretenir le Comte tant qu'elle vouloit; ſon aînée étant ſi perſuadée de ſon affection, qu'elle ne douta pas un moment que leurs converſations, qui devinrent fréquentes, euſſent d'autre but de la part de ſa ſœur, que celui de lui rendre ſervice.

JULIE profitant de la confiance de la trop crédule Marſange, commença dès le lendemain à mettre en pratique les conſeils de Madame Morin. Il ſembloit que cette pauvre dupe, de concert avec elle, ne cherchât que les occaſions d'aliéner le cœur & l'eſprit de ſon amant, comme ſi ſes procédés journaliers n'euſſent pas été ſuffiſans : elle lui donna un nouveau ſujet de plainte qu'il prit encore plus impatiemment que les autres. Il le marqua ſi fort, que ſa maîtreſſe commença à craindre de le perdre, & de le voir ſécouer un joug ſi imperieux, dont la fatigue augmentoit chaque jour. Mais ne voulant point témoigner cette appréhenſion, & craignant que ſi elle ſe radouciſſoit ſans en être priée, il n'en tirât des conſéquences propres à l'enorgueillir, elle aima mieux employer le miniſtere de ſa ſœur, avec la ferme réſolution d'en agir plus honnêtement à l'avenir, lui confiant le deſſein qu'elle formoit de le traiter autrement.

Ce n'étoit pas le compte de cette infidelle négociatrice. Elle en frémit ; & jugeant ſes eſperances perdues, ſi elle ne prevenoit pas ce coup fatal, il ne lui fut pas difficile d'attirer le Comte en une nouvelle converſation particuliere : il en cherchoit aſſez les occaſions, tandis que Mademoiſelle de Marſange les lui facilitoit de tout ſon pouvoir. Il commença par lui faire des plaintes fort ameres des duretés qu'il éprouvoit ſans ceſſe de la part de ſa Maîtreſſe ; & Julie, au lieu d'employer les raiſons dont elle ſe ſervoit ordinairement pour l'adoucir, en feignant pourtant d'excuſer ſa ſœur, ne lui offroit pour conſolation que les moyens les plus propres à augmenter ſon aigreur.

Elle ne peut contraindre la violence de ſon humeur, lui diſoit-elle ; mais cela ne doit pas vous empêcher de l'épouſer. Elle vous aime...... Eh ! qui pourroit ne vous pas aimer ? ajouta-t-elle, en le regardant tendrement : c'eſt cette certitude qui vous doit prouver qu'il lui eſt impoſſible de ſe gêner dans ſes vivacités, & qu'il n'y a que vous avec qui elle puiſſe être heureuſe ; parce qu'il n'y a que vous aſſez bon pour endurer paiſiblement des travers, que le ſang qui nous lie, l'amitié que j'ai pour elle, & la reconnoiſſance que je lui dois, ne peuvent pas m'empêcher d'avouer.

Aprés cette ſinguliere juſtification, elle lui inſinua adroitement qu'il étoit vrai-ſemblable que ces procédés ne feroient qu'augmenter. Puiſqu'il lui eſt impoſſible de ſe contraindre à préſent, qu'elle pourroit appréhender que vous ne l'abandonnaſſiez, il eſt à préſumer, dit-elle, qu'elle ſe gênera encore moins quand elle n'aura plus rien à redouter : c'eſt ce qui me fait trembler pour votre bonheur commun ; car ſans doute qu'épuiſant votre patience , vous ne manquerez point de vous laſſer d'une domination auſſi dure , quand elle ſera votre femme.

Elle eſt plus hardie que moi, pourſuivit-elle, d'un air ingénu ; car en verité , je n'en voudrois pas faire autant à un homme que j'aimerois. Hélas ! nous ſommes dans des principes bien differens. Si j'avois un amant tel que vous, je ne ſongerois qu'à le prévenir dans ce que je préſumerois qui lui pourroit être agréable : & ſi vous étiez mon époux, le devoir ſe joignant à l'inclination & à la reconnoiſſance, je ne reſpirerois que pour vous témoigner mon amour & ma ſoumiſſion. La crainte que vous ceſſaſſiez de m'aimer, feroit le ſeul but de mes attentions , & la ſeule régle de ma vie.

Mais

MAIS...... que je ſuis folle ! ajouta-t-elle, d'un ton naïf, ma ſœur, qui ſçait mieux ce qu'il faut faire que moi, qui n'ai aucun uſage du monde, prétend que ce n'eſt pas la bonne façon de réuſſir, & qu'elle perdroit tout le pouvoir qu'elle a ſur votre eſprit, ſi elle vous témoignoit plus de complaiſance. Pour moi, j'avoue ma ſimplicité ; & ſans faire ces habiles réflexions, qui ſont au-deſſus de mes talens, je ne ſongerois qu'à vous aimer : ce ſeroit mon unique affaire. J'abandonnerois ſans regret l'empire de votre eſprit, pour ne penſer qu'à conſerver celui de votre cœur.

AH ! ma chere Julie, s'écria le Comte, en lui ſerrant tendrement la main, que je ſerois heureux ſi elle vous reſſembloit ! Qu'elle difference ! pourſuivit-il, en soupirant, entre une personne aussi capricieuse & aussi hautaine, & une fille charmante dont la douceur égale la beauté. Je crains comme vous, que si nous avons le malheur d'être unis, cette union, qui fera le bonheur de sa famille, ne fasse notre infortune à tous deux. Je ne me prépare point à prendre avec une épouse cet odieux nom de maître ; mais je ne crois pas trop exiger d'elle, en demandant qu'elle daigne me considerer comme son ami & son égal, sans que de son côté elle doive prétendre à me traiter en esclave. Vous êtes dans l'erreur de croire qu'elle ait quelque goût pour moi. Non, elle me m'aime point ; & n'a envisagé que l'avantage qu'elle trouvoit à m'épouser, sans que le cœur y ait eu de part.

Elle ne vous aime point,

s'écria vivement Julie ! cela peut-il être possible ?..... Après cette exclamation qui sembla lui échapper, elle se tût en affectant de se couvrir le visage de sa main pour cacher sa rougeur. Je suis persuadée que vous ne lui rendez pas justice, continua-t-elle quelques momens après ; elle vous cherit tendrement....... Mais chacun a sa façon d'aimer ; & chagriner un amant cheri ne seroit pas la mienne : si elle me consultoit, je ne lui donnerois jamais un conseil semblable.

Ah ! que vos sentimens sont à souhaiter, dit-il, & que j'envie le sort de celui à qui est destiné le bonheur d'en faire l'experience ! quel adorable caractere ! qu'elle douceur ! qu'elle égalité ! Tout est charmant en vous ; & quoique vous soyez d'une beauté parfaite, vous avez mille qualités qui vous rendent encore plus aimable. Pourquoi faut-il que je ne vous aie pas connue la premiere ?

JULIE, qui avoit toujours tenu les yeux baissés en lui parlant, les leva à ces mots, le regarda tristement d'une façon tendre. Elle rougit, soupira, & sans lui répondre voulut se retirer. Mais le Comte l'arrêtant : eh quoi ! ma chere Julie, lui dit-il, voulez-vous me quitter ? est-ce parce que je vous témoigne le plaisir que j'aurois trouvé à faire pour vous ce que je fais pour votre sœur ? Vous avoir vue la premiere auroit été une bonne fortune, qui m'eût mis en état d'être à vous ; au lieu que mon malheur me dévoue à être à elle. Ne suis-je donc pas assez malheureux, sans que vous vous offensiez d'un desir qui ne peut avoir d'exécution ?

HÉLAS! dit-elle en soupirant tristement, à quoi peuvent-ils donc me servir, ces desirs, puisque vous-même convenez que ce sont des souhaits inutiles? Mademoiselle de Marsange doit seule être heureuse. Elle l'a toujours été; & nos destins opposés m'ont fait naître pour passer une vie infortunée, tandis que la sienne s'écoulera dans les plaisirs. Bannie en naissant du sein de ma famille, destinée à un rigoureux esclavage, dont vous seul...... dont ma sœur, dit-elle en se reprenant & en rougissant, m'a fait sentir l'horreur, & dont vos bontés m'ont préservée, vous avez cherché à faire mon bonheur autant qu'il a été en votre pouvoir; & sans la plus noire ingratitude, je dois m'en souvenir jusqu'à la mort. Mais malgré vos soins généreux, il s'en faut bien qu'il ne soit parfait ce bonheur. Ce sont ces mêmes soins qui y mettent l'obstacle le plus insurmontable.

Mais, continua-t-elle d'un air surpris & confus, je ne sçai ce que je dis; je tiens des discours qui ne me laissent point douter que mon esprit ne s'aliéne, & je dois vous supplier de ne pas faire attention à des extravagances qui ne peuvent s'attribuer qu'au peu de raison que j'ai. Ainsi, mon cher Protecteur, sans chercher à pénétrer mes sentimens, & sans vous informer de ce que je pense ni de ce que je deviendrai, terminez vos affaires; épousez ma sœur, & conservez, s'il se peut, quelqu'affection pour la malheureuse Julie, qui la merite (s'il suffit pour cela d'en connoître tout le prix.)

A ces mots, comme si elle

eût été confuse de ce qu'elle venoit de dire, sans écouter ce qu'il alloit lui repondre, elle s'enfuit brusquement, le laissant en liberté de faire réflexion à ses propres sentimens, & à ceux qu'elle venoit de lui exprimer avec tant d'art, qu'ils lui sembloient ne lui être échappés que par l'effort qu'elle avoit fait pour les contraindre.

CETTE découverte, dont il eût été comblé de joie, s'il avoit pu en profiter, redoubloit son chagrin, & lui faisoit sentir plus amerement le dégoût que lui causoit l'humeur imperieuse de sa future épouse : n'ayant personne à qui faire ses plaintes, son aigreur en augmentoit, à même tems que son inclination pour la cadette prenoit de nouvelles forces ; tandis que les réflexions qu'il faisoit sur les engagemens d'honneur où il se trouvoit, mettoient le comble à sa mauvaise humeur.

Il étoit dans cette cruelle situation, quand il vit paroître Mademoiselle de Marsange suivie de Julie, qui lui avoit dit que le Comte se promenoit seul : elle l'engagea à revenir sur ses pas pour le chercher.

S'il eût été dans une place commode pour les éviter, il l'auroit fait : mais ne pouvant se cacher, il fut forcé de venir au-devant d'elles ; ce qu'il ne fit que d'un air si contraint, qu'il ne fut pas difficile à son amante de le remarquer ; & elle ne douta point que l'embarras où elle le voyoit, ne provînt de la derniere vivacité qu'elle lui avoit fait éprouver.

Elle en fut touchée, s'imaginant que cette sensibilité étoit la preuve de son amour; interprétant de même ſon ſilence, & l'attribuant à la crainte qu'il avoit de lui déplaire : mais voulant lui faire voir qu'elle n'avoit aucun courroux, elle ſe crut obligée de lui demander d'un air gracieux des nouvelles de ſa ſanté. Il la remercia de l'intérêt qu'elle avoit la bonté d'y prendre, en des termes ſi froids & ſi laconiques, qu'il lui auroit été impoſſible de ne point s'appercevoir qu'il étoit peu flatté de cette queſtion, ſi dans ce moment on ne fut pas venu les avertir que le Vicomte de Neuger étoit arrivé chez ſon neveu, où il s'étoit mis au lit, n'ayant pas la force d'aller juſqu'à Marſange, avant d'avoir pris quelqu'heures de repos. Cette nouvelle, qui n'étoit point attendue en cet inſtant, fut differemment reçue par ces trois perſonnes. Elle fit un plaiſir extrême à

Mademoiselle de Marſange, qui, loin de le déguiſer, ſe crut obligée de le témoigner ouvertement au Comte, qui en frémit interieurement ; & Julie ne fut pas aſſez maîtreſſe d'elle-même pour n'en point changer de couleur. Sa ſœur, qui le remarqua au travers de ſa joie, & qui n'avoit aucun ſoupçon de la verité, appréhendant qu'elle ne fût incommodée, lui demanda avec empreſſement ce qu'elle avoit

Vous vous trouvez mal, lui dit-elle, d'un ton qui auroit dû la toucher de quelques remords ; mais bien-éloigné qu'elle en reſſentît aucun, la peur d'être découverte lui fit ſaiſir le prétexte qui lui étoit offert : & tant pour ſe faire entendre du Comte, que pour continuer à abuſer cette ſœur trop facile, elle lui répondit, qu'elle venoit de ſe ſentir frapper d'un coup qui lui avoit ſaiſi tout à la fois le cœur & la tête.

Vous ne me voulez pas croire, dit ſon aînée avec bonté ; j'ai beau vous dire que vous n'êtes point ici ſujette au coup de cloche, & que quand on ſe couche tard on peut ſe lever de même, vous n'y faites point attention; cependant votre ſanté s'en dérange. Allons, pourſuivit-elle tendrement, en la prenant ſous le bras, je ferai cette fois la maîtreſſe ; & malgré vous, je vais vous conduire dans votre chambre, d'où je ne ſortirai point, que je ne vous aie vu mettre au lit.

En diſant cela, elle l'entraîna, & fit ſigne au Comte de la ſoutenir de l'autre côté. Ce prétexte vint fort à propos pour Monſieur de Neuger, qui n'autoit pu cacher non plus le chagrin que lui causoit l'arrivée de son Oncle, dont il n'avoit pas moins de regret en ce moment, qu'il en avoit eu ci-devant de son retardement.

Il falloit pourtant se contraindre ; & le Comte, après les avoir accompagnées jusqu'à l'appartement de Julie, voulant affecter un empressement dont il étoit bien éloigné, les laissa pour aller apprendre cette nouvelle à Monsieur de Marsange. Il la reçut avec plus de joie que n'en avoit celui qui la lui apportoit ; & en l'embrassant il lui témoigna le plaisir qu'il ressentoit de voir enfin terminer une affaire, qu'indépendamment de l'avantage qui lui en devoit revenir, il desireroit toujours avec ardeur, pour la seule douceur de l'avoir dans son alliance, & par pure estime pour lui. Pour abréger des aſſurances d'affection qui étoient en cette occaſion à charge au Comte, il dit au Marquis qu'il ne pouvoit ſe diſpenſer d'aller voir ſon Oncle, & qu'il reviendroit auſſi-tôt que la ſanté du Vicomte le lui pourroit permettre.

Il ordonna à ſes gens d'apprêter promptement ſa chaiſe; & après avoir été de même par cérémonie annoncer à la Marquiſe une nouvelle qui ne lui étoit pas moins précieuſe qu'à ſon époux, il prit le prétexte d'aller prendre congé de Mademoiſelle de Marſange qui étoit encore dans la chambre de Julie, pour avoir le plaiſir de revoir cette derniere. Elle étoit couchée négligeamment ſur une chaiſe longue, & ſa ſœur auprès d'elle empreſſée à lui donner quelque ſoulagement. Il leur annonça son départ, en affectant plus d'empressement qu'il n'en avoit. Mais sa fermeté & sa dissimulation penserent échouer, en voyant couler quelques larmes des yeux de Julie, qui les lui laissa appercevoir, d'autant plus finement, qu'elle feignoit de les lui cacher, & qu'elle les cachoit effectivement à Mademoiselle de Marsange.

Il partit sans avoir pu lui dire un mot en particulier ; il le regrettoit extrêmement, quoiqu'il ignorât ce qu'il vouloit lui dire; & il fit ce voyage dans une inquiétude sans égale, ne se pouvant accorder avec lui-même sur les divers sentimens dont il étoit agité. Au lieu du peu de chemin qu'il avoit à faire pour se rendre à Neuger, il auroit desiré qu'il y eût eu cent lieues, & qu'il lui eût été permis de les faire à pied, pour avoir plus de tems à ſe déterminer ſur le parti qu'il avoit à prendre. Mais la diſtance d'un Château à l'autre étoit ſi courte, que deux petites heures au plus en alloient faire l'affaire ; & il ſentoit bien que ce tems ne ſeroit pas ſuffiſant pour faire ceſſer ſes incertitudes.

Tandis que déchiré par ce tourment, & ignorant la façon dont il ſe termineroit, le Comte n'oſe dire à ſon poſtillon d'aller au petit pas, dans une occaſion où il ne lui eſt point permis de manquer d'empreſſement, ce domeſtique, qui croit faire ſa cour en uſant de diligence, redouble la rapidité ordinaire de ſa courſe, & malgré lui il arrive à Neuger encore plutôt que de coutume.

Il avoit laiſſé tout en joie à Marſange, à l'exception de Julie qui seule n'y participoit point. Cette arrivée lui sembloit fatale, étant trop prompte pour qu'elle pût se flatter d'avoir fait assez de progrès sur le cœur du Comte. Elle appréhendoit, avec quelque raison, que l'ascendant qu'elle avoit commencé à prendre, ne fût détruit par les engagemens précédens; les inquiétudes qu'elle en eut furent si violentes, qu'elle fut obligée de se mettre au lit. Son pouls en fut si ému, qu'il ne lui fût pas difficile de persuader à ceux qui le touchoient, qu'elle avoit la fiévre bien forte. Ce prétexte servit encore à lui donner la liberté de songer aux moyens qu'elle employeroit pour conserver ses avantages; mais elle eut encore l'adresse de paroître céder aux vives sollicitations de sa sœur, qui l'en pressoit instamment, & de qui la peine

peine, que lui causoit cette feinte maladie, troubloit la joie qu'elle recevoit de l'espoir de voir terminer son mariage avec un homme qu'elle aimoit éperdument, malgré les inégalités qu'elle lui faisoit sentir sur un faux principe de vanité.

DES empressemens si génereux & si tendres ne furent point assez puissans pour détourner Julie de son dessein, n'étant occupée que de la peur de le voir échouer. Loin que les caresses & la présence de sa sœur la flattassent, elles la gênoient extrêmement. Pour s'en délivrer, elle feignit que le repos pouvoit seul lui donner du secours; ajoutant qu'elle sentoit quelque disposition au sommeil, qu'elle regardoit comme l'unique remede capable de la soulager.

CE prétexte étoit excellent

pour engager ſon aînée à ſe retirer ; & profitant de ce tems-là, elle fut donner ſes ordres pour recevoir le Vicomte, qu'elle ne doutoit point qui ne vînt dîner le lendemain à Marſange: & comme la ſeule difficulté oppoſée à la célébration du mariage, étoit ceſſée par l'arrivée de cet Oncle, elle préſumoit, ſur l'apparence, qu'il s'acheveroit bientôt. Ne croyant pas devoir tarder à apprêter ſes ajuſtemens pour cette grande fête, les étoffes & tous les aſſortimens étoient prêts ; & pour les employer, il n'étoit queſtion que de peu de jours. Les Couturieres, Lingeres & Coëffeuſes étoient préparées à venir au premier ſignal : on le leur donna en leur envoyant ordre de ſe rendre à Marſange en diligence.

PENDANT qu'elle s'occupoit d'un ſoin qui eſt d'ordinaire toujours agréable aux perſonnes de ſon âge, le Comte arrivoit chez lui differemment occupé, & dans une inquiétude ſans égale. Prévenu d'une inclination pour Julie, qu'il ne ſe pouvoit plus déguiſer, ne doutant point d'en être aimé, il n'avoit pas néanmoins la force de ſe réſoudre à donner à ſa premiere Maîtreſſe la cruelle mortification de lui manquer de foi, précisément dans le tems qu'elle devoit compter ſur l'exécution d'une parole ſolemnelle. S'il étoit perſuadé de la tendreſſe naiſſante de Julie, il ne doutoit point de celle de ſa ſœur, malgré le ſoin qu'elle prenoit pour lui en faire douter. Elle lui donnoit même actuellement un nouveau ſujet de l'eſtimer, par l'affection qu'elle témoignoit pour ſa cadette, & par la générosité de ſes procédés. Il connoiſſoit ſon eſprit auſſi brillant que ſolide, & n'ignoroit point que ſa bonne conduite lui avoit acquis l'approbation génerale : c'étoit ſur cette eſtime unanime qu'il avoit deſiré d'être ſon époux. Ces fortes conſiderations le faiſoient pencher du côté du devoir, qui ne lui pouvoit permettre de ſe dédire d'un traité auſſi avancé ; & il auroit vaincu ſon penchant pour Julie, ſi elle eût tardé à lui perſuader qu'elle l'aimoit. Mais quand il penſoit qu'il étoit cheri du veritable objet de ſa tendreſſe, le parti de cet amour réciproque devenoit le plus fort, & détruiſoit toutes les raiſons qui parloient en faveur de Mademoiſelle de Marſange : mais un moment après, prenant le deſſus, elles devenoient victorieuſes à leur tour.

Il étoit dans ces agitations en arrivant à Neuger ; & en mettant pied à terre, il se trouva plus incertain qu'il n'étoit en partant de Marsange. Cependant il alloit se présenter à son Oncle, sans sçavoir ce qu'il lui diroit; mais le hazard lui voulut donner quelque tréve; & il apprit que Monsieur le Vicomte, qui avoit pris un bouillon depuis quelques momens, ayant besoin de repos, venoit de s'endormir, en le faisant prier de ne le point interrompre & de le laisser reposer, afin qu'il pût être le lendemain en état d'aller à Marsange, pour lui donner pleine satisfaction.

Loin de céder indiscrettement à l'impatience de troubler son repos, le Comte, ravi du petit délai qu'il lui accordoit, souhaita interieurement que ce sommeil durât autant que celui des sept Dormans; & il s'en fut dans son appartement, aussi content qu'il le pouvoit être en cette conjoncture, qui suspendoit son embarras. Mais il n'y fut pas longtems seul : sa nourrice, accoutumée à venir au-devant de lui, n'y manqua point. Elle accourut, autant par la curiosité de juger quel effet l'arrivée du Vicomte produisoit sur son maître, que pour lui rendre compte de ce qui concernoit son emploi, ou pour recevoir ses ordres.

ELLE le trouva dans une si profonde rêverie, qu'il ne parut pas l'appercevoir. Elle se doutoit à peu-près du sujet qui la causoit. Le Laquais, qui le suivoit d'ordinaire à Marsange, & que la nourrice avoit mis au fait de leur interêt commun, de même que des incertitudes de son maître, l'avoit observé si attentivement, que la malice, naturelle aux domestiques, lui avoit presque dévoilé les ſentimens dont il étoit tourmenté. Il venoit d'en faire le rapport à cette femme de charge, qui l'avoit ſi bien convaincu du danger d'être tous chaſſés, ſi Mademoiſelle de Marſange devenoit la maîtreſſe à Neuger, que cette crainte lui inſpiroit toute ſorte d'induſtrie pour ſçavoir à quoi s'en tenir.

La nourrice, qui ne manquoit ni d'eſprit ni d'adreſſe pour exciter la confiance du Comte, de qui elle connoiſſoit le caractere facile, ne ſembla pas d'abord s'appercevoir du changement de ſon humeur ; & feignant de le croire malade, elle affecta d'en avoir l'air allarmé, en lui demandant avec empreſſement qu'elle étoit ſon incommodité, & depuis quand il en étoit attaqué. Le Comte lui répondit avec ſa bonté ordinaire qu'il se portoit bien, en lui témoignant de la reconnoissance d'une inquiétude si obligeante.

Quoi ! vous n'êtes point malade, lui dit-elle, & vous avez un air si triste dans le tems où tout succéde à vos vœux? Rien ne peut empêcher votre mariage: voilà Monsieur le Vicomte arrivé, & par conséquent vos inquiétudes finies. Soyez donc content, & m'apprenez le tems où vous comptez épouser, afin que je mette le Château, sans tarder, en état de recevoir notre maîtresse. Hélas ! poursuivit-elle en soupirant, ce n'est pas l'avantage qui m'en doit revenir qui excite ma curiosité & mon impatience; car je suis convaincue du présent de nôce qu'elle me prépare. Je n'ignore point qu'elle est prévenue contre moi, sans que j'aie l'honneur d'en être

être connue, & que le premier essai qu'elle fera de son pouvoir, sera de me donner un congé, que je n'aurois pas sujet d'appréhender, si mon zéle étoit suffisant pour m'en garantir.

Vous m'avez promis votre protection, ajouta cette femme; & pour peu qu'elle veuille avoir la patience de me connoître, j'ai sujet d'esperer qu'elle révoquera l'ordre rigoureux de chasser vos anciens domestiques, ou que du moins elle aura la bonté de m'excepter de la loi génerale: & par mon assiduité auprès d'elle, de même que mes attentions à faire mon devoir, je pourrai réussir à m'en faire aimer, aussi bien que de Monsieur son Pere & de son aimable sœur, dont tous leurs gens disent tant de bien: ils l'aiment tous à l'adoration, & disent que c'est le plus beau naturel qu'il y ait au monde. Elle leur rend ſervice en toute occaſion ; & ſans les ſoins qu'elle ſe donne à les excuſer quand il y a quelque choſe de mal fait, ils auroient encore bien plus à ſouffrir de la mauvaiſe humeur de ſon aînée.

Le Comte écoutoit les louanges de l'objet de ſa tendreſſe avec un plaiſir infini. A meſure que la Nourrice parloit, elle remarquoit le changement qui ſe faiſoit dans ſa phyſionomie, où la diſtraction faiſoit place à un air riant & attentif. Mais après s'être abandonné quelque tems à la douceur qu'il trouvoit en ce diſcours, la réflexion qui lui rappella que tous ſes charmes & ſes belles qualités n'étoient pas deſtinées pour lui, fit un nouveau changement ſur ſon viſage, où il parut le plus cruel chagrin.

Quoi ! vous soupirez, lui dit sa Nourrice, & je vous vois prêt à répandre des larmes, sans que vous daigniez m'en dire la raison ! Ah ! mon cher fils, poursuivit-elle, en pleurant à son tour & en se jettant à ses genoux, que vous ai-je fait pour perdre votre confiance ? Autrefois vous aviez la bonté de me faire part de toutes vos pensées ; mais c'en est fait, je n'y dois plus compter ; & pour être mieux libre de me chasser, c'est Mademoiselle de Marsange qui vous a rendu ma fidélité suspecte.

Le Comte étoit bon : il aimoit sa Nourrice ; & trop persuadé de son affection, il ne put se résoudre à la laisser s'affliger ainsi. Trouvant une double satisfaction à lui découvrir son secret, il lui avoua le nouvel amour qu'il avoit pour Julie, la répugnance que tous les procédés de Mademoiſelle de Marſange lui inſpiroient, attribuant à la fierté de l'une & à la complaiſance de l'autre, les divers ſentimens qu'il avoit pour toutes deux.

QUAND il eut une fois commencé à s'expliquer, ſa Confidente ne fut plus obligée de lui faire de queſtions ; il lui apprit en détail tout ce qui s'étoit paſſé, ſans en omettre aucune circonſtance ; ſa nouvelle paſſion lui faiſant également exagerer les ſujets de plaintes qu'il avoit contre l'aînée, comme les occaſions où la douceur & le bon eſprit de la cadette s'étoient fait connoître : ajoutant en ſoupirant, que malgré la difference qu'il mettoit entr'elles deux, il ſeroit forcé d'épouſer celle qu'il n'aimoit plus, & de ſe priver de la poſſeſſion de celle qui étoit ſeule capable de le rendre heureux.

VOUS avez raiſon, lui dit-elle, de mettre entre l'une & l'autre la difference qui leur eſt due; mais mon maître, permettez-moi de vous dire que je ne crois point que vous ſoyez abſolument obligé de vous ſacrifier au bien-être d'une perſonne orgueilleuſe & bizarre, qui ne promet à ſon époux qu'un dur eſclavage; tandis que vous avez tout lieu d'eſperer un ſort heureux avec l'autre, qui n'eſt pas moins belle, & de qui la douceur offre une vie auſſi agréable, que le caractere de l'aînée promet de chagrin à celui qui aura le malheur de l'épouſer.

APRÉS tout, ajouta-t-elle, vous n'êtes point engagé; il n'y a rien de ſigné : ainſi vous êtes encore le maître de ne ri[illegible] faire à contre-cœur. Puiſque l'amour

& la raiſon vous parlent en faveur de Julie, ſi j'étois à votre place, je ſuivrois mes inclinations, & je l'épouſerois, en plantant là ſon imperieuſe ſœur, qui n'auroit que ce qu'elle merite : rien n'eſt plus aiſé. N'eſt-il pas juſte que vous qui êtes la partie la plus intereſſée, & aux dépens de qui s'eſt fait ce ridicule accommodement, vous ayez la permiſſion de choiſir ; & il doit peu importer au Marquis de laquelle de ſes filles vous faſſiez la fortune, pourvu qu'en la faiſant, ce ſoit toujours aux mêmes conditions, que ſes amis (plus que les vôtres) vous ont obligé d'accepter.

Ce plan eſt très-beau dans la ſpéculation, reprit triſtement le Comte; mais la pratique n'en eſt pas ſi aiſée : il faudroit que le Marquis de Marſange fût d'une autre humeur, pour que ce changement se fit. Il a reçu ma parole d'épouser sa fille aînée qu'il aime tendrement, & je ne pourrois me flatter qu'il me la rendît, quand il n'en seroit pas retenu par l'affection qu'il a pour elle; puisque s'il avoit pris de pareils engagemens en faveur de la cadette, l'exacte probité dont il se pique, le rendroit aussi intraitable par le seul motif du point-d'honneur, qu'il croiroit blessé dans une telle circonstance.

Cela seroit excellent, répartit la Nourrice; & un tel scrupule seroit fort à sa place, si l'exécution de sa parole & de la vôtre, dépendoit de lui: mais l'impossibilité le forcera quand vous voudrez. En un mot, vous êtes absolument maître de la fortune de l'un & de l'autre; il n'y a point de signature entre vous; & rien ne vous lie, qu'une parole que l'on ne peut vous contraindre à observer.

HÉLAS ! puis-je la regarder comme rien, cette fâcheuse parole, dit-il en soupirant ? & puis-je être engagé plus authentiquement ? M'est-il permis de me déshonorer, en ayant, avec un homme de ce rang, les indignes procédés qu'il faudroit employer pour le forcer à faire ce changement ? Il me regarde comme son fils : une Demoiselle de cette qualité & de ce merite, qui compte voir en moi un époux, n'y verroient l'un & l'autre qu'un tyran & un homme sans foi, qui, abusant lâchement de son pouvoir, leur feroit l'affront le plus signalé, après avoir paru meriter l'estime de l'un & la tendresse de l'autre.

LA plaisante tendresse ! s'écria la Nourrice ; si c'est de cette façon qu'elle aime, il faut apparemment qu'elle traite les autres à coups de bâtons. Quand on aime quelqu'un, s'occupe-t-on sans cesse à les maltraiter? Pour moi, je m'étois toujours imaginé que plus on aime les gens, & plus on cherchoit à leur plaire; c'est du moins, parmi ceux de notre état, de cette sorte que l'on en use : mais peut-être que ce n'est pas la même chose entre les personnes de qualité, & que c'est de cette maniere qu'elles soutiennent leur rang.

Je ne pense pas qu'elle vous veuille du mal, dit-elle; il faudroit qu'elle fût bien extraordinaire, si elle vous haïssoit. Vous êtes charmant, & vous faites sa fortune; il est bien étrange qu'elle vous aime! Mais je gagerois que cette affection n'est qu'autant que vous lui êtes nécessaire, & que veritablement elle n'aime qu'elle-même. Elle trouve en vous de quoi flatter son ambition & son interêt : c'en est assez pour l'attacher ; & pendant que vous lui tendez la main avec tant de générosité, sans quoi elle tomberoit avec tous les siens dans l'état le plus déplorable, loin de vous témoigner des égards, il semble que ce soit par bonté qu'elle vous permette d'aspirer à l'honneur d'être son mari, ne paroissant uniquement occupée qu'à vous asservir & à vous mettre hors d'état d'oser faire la moindre démarche sans sa permission.

Enfin, continua cette pernicieuse femme, je veux croire, malgré toutes les apparences, qu'elle vous aime, quoiqu'il y en a qui ne trouveroient pas cette façon d'aimer forte agréable, & qu'elle ne vous promette pas un doux avenir. J'avoue que vous ferez une action héroïque de l'épouser, & vous le devez en quelque façon pour reconnoître sa tendresse, puisque vous lui en croyez. Mais, supposé que Julie vous aime aussi, comme vous lui devriez autant de reconnoissance qu'à sa sœur, ne seroit-il pas plus naturel, en trouvant l'occasion de vous rendre heureux, & de faire partager votre bonheur à une personne qui vous aimeroit, que vous vous donnassiez la préference à toutes deux ?

Des raisons si frivoles, qui n'auroient été regardées par le Comte que comme un discours sans conséquence & vuides de bon sens, dans le tems où il avoit tout le sien, lui semblerent alors d'un très-grand poids. Il se considera comme un homme qui feroit un effort de générosité ſublime, en perſiſtant dans le deſſein de remplir ſa promeſſe, ayant une ſi belle occaſion d'y manquer ; & continuant : je ne puis vous cacher, lui dit-il, que je crois être auſſi aimé de Julie que de ſa ſœur ; c'eſt ce qui fait mon malheur, & qui cauſe mon incertitude. Si je ne connoiſſois point qu'elle a de l'inclination pour moi, je ſacrifierois celle que j'ai pour elle à mon devoir ; le tems me la feroit vaincre, & je trouverois ma ſatisfaction à me dire interieurement que je n'ai rien à me reprocher. Mais quand je ſonge que la charmante Julie partagera l'infortune d'une ſéparation éternelle ; que j'aurai peut-être, avant qu'il ſoit peu, la douleur de la voir entre les bras d'un autre, où par état je ſerai obligé à la pouſſer moi-même avec une paſſion dans le cœur ſemblable à celle qui me tourmente, & que je ſerai toujours dans la douloureuſe alternative de la plaindre, en la voyant forcée d'avoir des égards pour un homme qu'elle n'aimera pas, ou de me déſeſperer moi-même ſi elle l'aime; en proie à la plus cruelle jalouſie qu'il me faudra contraindre exactement, je ne me ſens point la force d'achever cet affreux ſacrifice, & tout mon courage ſuccombe à ces terribles idées.

Je le crois bien, dit la Nourrice, en paroiſſant touchée de ce récit; & je ne penſe pas qu'il puiſſe y avoir quelqu'un aſſez ennemi de ſoi-même, pour vouloir ſe jetter dans cette ſituation déplorable, pour un ridicule point-d'honneur qui ſera rempli plus que ſuffiſamment, ſi vous continuez à vouloir bien être le gendre de Monſieur de Marſange. Il devra s'eſtimer aſſez heureux, ſans entreprendre de s'oppoſer à votre choix. Il eſt trop juſte que ce ſoit vous qui en décidiez, puiſque le profit lui en doit revenir. Et ſi par un caprice il s'aviſoit de s'opiniâtrer à vous faire épouſer l'aînée, en ce cas vous ſeriez dégagé de toutes vos promeſſes, n'étant point obligé de vous aſſervir à ſes fantaiſies, qui lui font adorer l'une, & qui lui rendent l'autre indifferente.

Ces diſcours flattoient le goût du Comte, & il étoit fort tenté de ſuivre les conſeils de cette perſonne. Mais la répugnance qu'il ſentoit à manquer à ſon honneur, faiſoit une balance conſiderable qui l'emportoit, ne pouvant ſe repréſenter ſans une eſpece d'horreur, que pour ſe contenter, il falloit qu'il entrât en tyran dans une famille qui l'avoit reçu en bienfaicteur : & s'il se déterminoit en faveur de Julie, il voyoit bien que pour l'avoir, il ne pourroit éviter d'employer tous ses avantages. Mais en suivant cet unique parti, il couvriroit de honte & accableroit de désespoir une fille respectable qu'il ne pouvoit s'empêcher d'estimer, & auprès de qui il avoit fait des démarches qui le déshonoreroient plus qu'elle en ne les soutenant pas, & en changeant d'objet, comme son amour & sa Nourrice le lui conseilloient.

L'HEURE de son souper étant arrivée, il n'y pensoit guere ; & ce fut par les ordres de cette femme qu'il fut servi. Il se mit à table à sa sollicitation, mangea peu, rêva beaucoup, la laissa continuer à parler sans lui répondre, & presque sans l'entendre. Il ne tarda pas à se coucher, non pour le besoin de dormir, mais pour celui de s'abandonner à sa rêverie, voulant essayer à convenir avec lui-même de ce qu'il devoit faire, sur-tout de ce qu'il diroit à son Oncle, & de la façon dont il alloit agir. Les difficultés étoient levées par son arrivée, & tout étant d'accord depuis long-tems, il n'étoit plus question d'esperer sur les incidens : il falloit absolument se décider. Cette nécessité qui lui paroissoit inévitable, augmentoit son tourment, sans lui donner de conseils dont il eut sujet d'être content. Le jour survint avant qu'il eut sorti de cette fatale incertitude, & il fut contraint de se lever pour aller à l'appartement de son Oncle, qui, en envoyant sçavoir s'il étoit éveillé, lui

lui faisoit entendre qu'il étoit tems qu'il vînt le voir. Ne pouvant se dispenser de ce fâcheux cérémonial, le Comte y alla le plus lentement qu'il put, arrivant plus vîte qu'il ne vouloit, dont cependant le Vicomte commençoit à s'impatienter & à se plaindre de son peu d'empressement. Il l'en railla après l'avoir embrassé & lui avoir fait les amitiés qui se font d'ordinaire entre des parens qui s'aiment. Il lui reprocha que pour un homme amoureux & aussi impatient que ses lettres le représentoient, il étoit bienheureux de jouir d'un sommeil aussi tranquille.

Si ma santé me l'eût permis, ajouta-t-il obligeamment, je me serois fait un plaisir de vous aller surprendre à Marsange, pour hâter le moment qui doit renouveller entre le Marquis &

moi, une amitié qui n'a jamais été alterée, quoique par politique, & pour ne pas augmenter l'aigreur de votre pere, j'aie cessé de lui en donner des marques : & nous aurions arrêté le jour de cette alliance avant de nous séparer ; car en verité, j'en suis aussi satisfait que lui. Cela est si vrai, que sans cette raison, qui m'a fait précipiter mon voyage, je l'aurois encore retardé de plus de quinze jours ; & il ne m'auroit pas fallu moins de tems pour me rétablir parfaitement. Ce n'est point pour vous en faire ma cour ; mais je n'ai quitté le lit que pour entrer dans mon équipage : il ne m'a pas fallu une moindre raison que l'envie de répondre à votre impatience, pour me fournir les forces nécessaires.

Le Comte, peu satisfait de ce zéle à contre-tems, avoit bien de la peine à se contraindre assez pour l'en remercier ; & ce fut plus sincerement qu'il l'assura que, loin de voir avec plaisir qu'il eût ainsi hazardé sa santé, il eût attendu de bon cœur tout le tems qu'il auroit jugé convenable pour la rétablir.

TOUT cela est bon pour la conversation, reprit le Vicomte, vous ne pouvez pas honnêtement vous dispenser de parler de la sorte ; mais dans le fond je suis persuadé que vous ne teniez point les mêmes discours, quand je vous écrivois pour justifier mes retardemens. Enfin, me voici prêt à reparer le tems perdu ; nous allons partir tout à l'heure pour Marsange, d'où nous ne sortirons point, que nous n'ayions réglé le jour d'une cérémonie que j'ai tant d'impatience de voir finir.

LE Comte fut épouvanté de

cette propoſition ; & ne l'ayant pas prévue, il ne s'étoit point préparé à la réponſe; ce qui l'obligea de dire d'un air embarraſſé, qu'il le ſupplioit, avant toute choſe, de lui permettre de profiter du plaiſir de le voir chez lui en liberté. Monſieur de Neuger, ne goûtant point une raiſon ſi frivole, & la conſiderant comme une cérémonie hors de propos, lui répondit qu'il lui étoit bien obligé; mais qu'il ne voyoit point l'incompatibilité qui ſeroit entre ce mariage & le plaiſir de le voir. Au contraire, dit-il, c'en ſera une augmentation à laquelle je ſuis fort ſenſible. La douceur d'être allié de nouveau avec un ancien ami, en devenant l'oncle d'une Demoiſelle auſſi belle & auſſi vertueuſe que ſa fille, y mettra le comble. Ainſi, ſans vouloir abuſer de votre complaiſance, je prétends dans trois jours vous entendre prononcer les grands mots qui forment la chaîne éternelle, & qui, je crois, feront un plaiſir égal aux uns & aux autres. Je ne puis reſter ici plus de huit jours; & en partant, je prétends avoir inſtallé dans ce Château Madame la Comteſſe de Neuger. A un diſcours ſi poſitif & ſi oppoſé à ſes deſirs, le Comte n'oſant les expliquer, demeura interdit; en ſorte que le Vicomte s'en apperçut, & il en fut preſqu'auſſi étonné, que ſon neveu paroiſſoit l'être de ſa propoſition,

Je ne doute point, lui dit-il, que les apparences ne me trompent, & que malgré la contenance que vous tenez, qui n'eſt aſſurément pas celle d'un homme amoureux & empreſſé, vous conſentez à ce que je ne viens de propoſer que parce que j'ai cru vous prévenir.... Mais,... poursuivit-il, voyant que la confuſion du Comte augmentoit, & qu'il baiſſoit les yeux en gardant le ſilence, dites-moi donc ce qui cauſe votre air déconcerté? Quoi! ajouta-t-il, avec une vivacité qui augmenta l'embarras du jeune homme, auriez-vous changé de volonté? & y auroit-il quelqu'un aſſez lâche pour vous avoir inſpiré de manquer à des engagemens qui vous font tant d'honneur, en vous faiſant préferer la cruelle & honteuſe ſatisfaction de ruiner cette famille, au parti honnête que vous aviez pris de vous en rendre le protecteur, & de réparer en quelque ſorte les cruautés dont votre Pere en a uſé à ſon égard?

Si c'eſt votre intention, continua-t-il d'un air ſévere, & que vous y ſoyez réſolu, je ne puis m'empêcher de vous dire que je trouve fort étrange de ce que vous ne m'en avez rien écrit. Il falloit m'en informer plutôt, & m'épargner la fatigue d'un voyage auſſi pénible, qui n'aboutira qu'à me rendre témoin d'une action que vous n'avez pas apparemment prétendu me faire approuver. Ce ſera encore trop de me réduire à la ſouffrir, ne la pouvant empêcher.

Le Comte, frappé de ce diſcours, n'y trouva pas matiere à ſe raſſurer; mais cependant il falloit répondre à cette Oncle importun, qui, le regardant fixement & d'un air impatient, ne lui laiſſoit pas la liberté de perſiſter dans ſon ſilence. Vous ne me rendez pas juſtice, Monſieur, lui dit-il d'une voix mal-aſſurée, en penſant que je ſonge à renouveller les malheurs de Monſieur de Marſange; bien-éloigné d'avoir le deſſein de manquer à la promeſſe que j'ai faite d'épouſer ſa fille, je le deſire plus ardemment que jamais : cependant je vous confeſſe que j'ai quelques raiſons qui me font ſouhaiter de ne point terminer ſi promptement. Après tout, ajouta-t-il en s'efforçant de ſourire, un mariage n'eſt pas rompu, pour être differé de quelques jours : c'eſt un traité qui eſt toujours aſſez long, & qui ſouvent eſt trop-tôt terminé pour la tranquillité de tous les deux.

Vous n'aviez pas fait toutes ces réflexions ſur les inconveniens du mariage, quand vous m'écriviez des Lettres ſi preſſantes, reprit froidement le Vicomte; mais enfin je ne prétends point pénétrer dans un myſtere que vous jugez à propos de me faire.

Tous

Tout ce que je puis vous dire, c'eſt que vous ſerez géneralement blâmé des gens d'honneur, ſi vous changez de deſſein; & quoique vous diſiez, votre contenance & vos diſcours m'y préparent & me prouvent, plus que toutes vos proteſtations, que c'eſt votre intention.

Le Comte lui répeta encore qu'il ſe trompoit, & qu'aſſurément il ſouhaitoit toujours ſincerement d'être gendre du Marquis.

Vous en ferez ce qu'il vous plaira, répartit le Vicomte, cela ne me regarde pas abſolument; mais ce qui me concerne, c'eſt que du moins vous m'inſtruiſiez de la façon dont je me dois comporter avec le Marquis & ſa famille. Il me ſemble qu'après m'être fait annoncer à Marſange avec tant d'empreſſement, je ne puis me diſpenſer d'y aller aujourd'hui, quoique je ſente bien que j'y ferai un fort ſot perſonnage ; mais enfin, malgré cela, je crois que je ferois encore plus mal de me tenir ici à attendre leur hommage. Faites-moi donc la leçon que je ſuivrai exactement.

Le Comte lui répondit que le rôle qu'il avoit à faire étoit tout ſimple, pourvu qu'il voulût bien que l'entrevue ſe paſſât en honnêtetés vagues, ſans parler d'arrangement; & qu'une premiere viſite n'auroit rien d'étrange, quoique l'on n'y entrât point en matiere. Encore que ce procédé ne fût point du goût de Monſieur de Neuger, réſolu à ne point contredire un caprice dont il ignoroit l'origine, & voulant, pour le combattre, attendre prudemment à le connoître, il conſentit d'en agir ſelon ce qui lui étoit preſcrit:

& ils étoient prêts de monter en carrosse pour aller à Marsange, quand le Marquis parut, sans attendre la visite de son ancien ami; méprisant ce vain cérémonial qui prescrit aux parens du futur d'aller faire la premiere démarche chez ceux de la Demoiselle, M. de Marsange s'etoit fait un vrai plaisir de prévenir le Vicomte.

Leur présence ranimant une amitié que vingt ans de séparation n'avoit pu détruire, ils se firent, avec le même empressement, toutes les caresses que de vrais amis se font au retour d'un long voyage; paroissant tous deux également charmés de la réunion de leurs Maisons, & des moyens qui y étoient employés.

Aprés mille protestations d'amitié & de joie, & autant de remerciemens de la part du Marquis, qui n'avoit point ignoré que le Vicomte avoit beaucoup contribué à déterminer son Neveu au mariage de sa fille, il se retira en les invitant à dîner le lendemain chez lui : mais le Vicomte ne crut pas devoir accepter cette proposition, avant de sçavoir les motifs secrets de la conduite de son Neveu ; & ne pouvant faire cette confidence à son ami, il s'en excusa sur sa mauvaise santé, qui ne lui permettroit pas de se lever assez matin pour aller dîner hors de Neuger. Cette excuse, qui paroissoit naturelle, entraîna celle du Comte, qui étoit aussi bien trouvée, en supposant qu'il ne conviendroit pas que son Oncle restât seul chez lui, tandis qu'il iroit dîner à Marsange. Mais le Vicomte promit d'y aller dans le jour, à quoi il ne manqua pas, ni le Comte à l'accompagner.

MADEMOISELLE de Marſange, avertie par ſon pere, eut ſoin de ſe parer le plus avantageuſement qu'il lui fut poſſible. La joie que lui cauſoit l'arrivée du Vicomte, donnoit un nouveau luſtre à ſes attraits. Elle avoit trop d'envie de plaire à l'Oncle de ſon Amant, pour n'y pas réuſſir. Il en fut enchanté, la trouva charmante, autant par ſon eſprit que par ſa beauté; & il ſe dit interieurement que, ſi le Comte étoit capable d'inconſtance pour une perſonne ſi parfaite, il ne meritoit point d'être heureux. Elle n'ignoroit pas les obligations qu'elle lui avoit, & l'attachement que le Comte avoit pour lui; & elle crut que toutes ſortes de raiſons devoient la faire appliquer plutôt à plaire au Vicomte & à lui faire les honneurs de la maiſon, qu'à entretenir ſon Amant; jugeant qu'en cette occaſion, c'étoit lui faire ſa cour de la façon la plus attentive : & le Marquis, que l'affection qu'il avoit pour ſa fille lui perſuadoit qu'elle gagneroit à être connue, lui laiſſoit ſans affectation le ſoin d'entretenir cet ami, dans les yeux de qui il jugeoit du plaiſir que lui donnoit la converſation de cette Demoiſelle.

Leur façon de penſer à tous deux donna, ſans qu'ils s'en apperçuſſent, la facilité au Comte d'avoir un entretien ſecret avec Julie. Ne la voyant point paroître, il en demanda des nouvelles avec un empreſſement que Mademoiſelle de Marſange regarda comme une récompenſe de celui qu'elle témoignoit à ſon Oncle, & dont elle lui ſçut un gré infini. Hélas! la pauvre enfant eſt fort incommodée, lui dit-elle ; l'accident, dont vous fûtes hier le témoin, continue aujourd'hui. Il est aisé de voir qu'elle souffre, quoiqu'elle ne se plaigne point, de peur de m'allarmer. Elle ne paroît point avoir de fiévre; cependant, à son air abattu, je crois qu'elle souffre plus qu'elle ne dit; car elle a les yeux extrêmement rouges, & ils se remplissent d'eau si souvent, qu'il n'y a qu'une douleur violente qui puisse causer de tels effets.

Le Comte, comprenant mieux que sa Maîtresse d'où provenoit le mal de Julie, n'en put entendre le récit sans être ému. Il demanda où elle étoit; à quoi Mademoiselle de Marsange ayant répondu qu'elle venoit de se mettre au lit dans le moment qu'ils arrivoient, & sans lui donner le tems de témoigner le desir qu'il avoit de la voir, cette Amante abusée le prévenant, lui proposa d'aller la trouver. Allez chez elle, Monsieur le Comte, lui dit-elle; je suis sûre que vous lui ferez plaisir. Elle sera charmée de vous voir; peut-être que votre entretien dissipera son mal: proposez-lui de se lever, & de venir saluer Monsieur le Vicomte: la bonne compagnie sera peut-être une diversion. Le Comte ne se fit pas réitérer l'ordre de courir auprès de la feinte malade; & laissant Mademoiselle de Marsange avec son Oncle, à qui elle faisoit voir les beautés du Château, il courut à la chambre de sa sœur.

COMME il étoit prêt à entrer, il fut arrêté par la vieille Gouvernante, qui lui fit signe de ne pas faire de bruit, parce que la malade reposoit; & s'étant avancée, il lui demanda comment elle étoit en ce moment, & quelle étoit sa maladie. J'aurois bien de la peine à le dire, reprit la Morin ; elle ne s'explique point : mais je m'imagine, ſans qu'elle me l'ait dit, qu'elle n'eſt malade que par quelque violent chagrin, qu'elle cache avec beaucoup de ſoin : ce n'eſt qu'une conjecture ; mais je ne crois pas me tromper.

Eh quoi ! reprit le Comte, quel chagrin peut avoir une fille de cet âge, qui ſoit aſſez violent pour la rendre malade ? C'eſt ce que je ne puis vous dire, répondit la vieille ; mais je gagerois bien que ce n'eſt pas autre choſe : depuis deux jours elle ne ceſſe point de pleurer ; & ſi elle ſe contraint dans la journée, en ſe plaignant de douleurs de tête, il n'en eſt pas de même la nuit, où me croyant endormie, elle ceſſe de ſe gêner, pour s'abandonner aux ſanglots ; & moi, pour ne lui point faire de peine, je ne témoigne pas que je m'en apperçois : outre cela, elle ne mange point ; & si, malgré l'apparance, elle n'est pas extrêmement incommodée à présent, il est vraisemblable qu'elle ne tardera guere à la devenir. Ce qui acheve de m'affliger, ajouta-t-elle, c'est que quand je lui témoignerois que je sçai qu'elle est plus triste que malade, cela ne serviroit à rien pour sa consolation ; puisque ne sçachant point ce qui l'afflige, je ne pourrois rien pour son secours. Je l'entends bien desirer la mort, comme l'unique reméde à ses malheurs ; mais, en témoignant son désespoir, elle ne dit point ce qui la désespere ; & je n'oserois révéler à sa famille le peu que j'en sçai, de peur qu'en voulant lui rendre service, je ne lui cause une augmentation de peine. Sa sœur est si absolue, qu'elle lui ordonneroit fiérement de se découvrir à elle ; & peut-être qu'étant si douce, elle n'oseroit lui désobéir, & que ce seroit une matiere à de plus grands chagrins. Le zéle que j'aurois eu en cette occasion, plutôt que de lui être favorable, avanceroit ses infortunes.

Ce seroit assurément grand dommage, continua-t-elle en essuyant quelques larmes ; car c'est bien la plus aimable fille, le plus charmant caractere, le meilleur cœur... Oh ! il s'en faut bien que sa sœur, que l'on vante tant, ne soit.... mais, bon Dieu ! s'écria-t-elle, en contrefaisant la personne épouvantée d'avoir parlé avec tant d'imprudence ; qu'ai-je dit ? Ah ! Monsieur, je vous supplie de pardonner cette indiscrétion à l'amitié que j'ai pour cette chere enfant, & à la connoissance de ce qu'elle vaut ; c'est le zéle imprudent qui m'a fait parler si mal-à-propos, sans penser que vous devez être le mari de l'aînée, & que ce n'est point à moi à dire ce que je pense de l'une ni de l'autre. Je suis née pour les servir & les respecter : je vous demande en grace d'oublier ce que je vous ai dit, surtout de n'en jamais parler à Mademoiselle ; car elle est si vindicative, que trente-huit années de service que j'ai rendu dans sa maison, ne me pourroient préserver d'être chassée, & réduite, sur mes vieux jours, à m'aller confiner dans un Hôpital.

Le Comte lui promit le secret ; & ravi d'entendre parler si avantageusement de Julie, il fit encore des questions qui lui donnerent une nouvelle occasion d'en recommencer l'éloge. Je me garderai bien de dire du mal de l'aînée, dit-elle ; mais, sans en diminuer le merite, puisque vous me permettez de parler vrai, je vous dirai que celui qui aura sa sœur en partage, pourra se vanter d'être le plus heureux ; & je voudrois de bon cœur sçavoir ce qui la chagrine, afin d'essayer à la consoler....... Il vous seroit bien aisé de le lui faire avouer, Monsieur le Comte ; je sçai qu'elle vous aime beaucoup ; & si vous lui demandiez ce qu'elle a, je suis sûre qu'elle ne refuseroit pas de se confier à vous ; moyennant cela, nous pourrions la soulager. Mais sur-tout, si vous avez cette bonté, & qu'elle vous déclare quelque chose, n'en dites rien à votre Maîtresse ; car elle s'irriteroit de voir que sa sœur auroit plus de confiance en vous, qu'elle n'en a pour elle.

En parlant ainſi, ils entendirent Julie ſoupirer. Le Comte s'approcha de ſon lit ; mais à peine elle l'eut apperçu, qu'elle ſe tourna de l'autre côté en pouſſant un cri, & en eſſayant à mettre ſa couverture ſur ſa tête : mais le Comte, l'en empêchant, lui retint la main. Quoi ! ma chere Julie, lui dit-il tendrement, vous refuſez de me voir? Hélas ! qu'ai-je fait, pour meriter une telle rigueur ? & par quel malheur vous ſuis-je devenu odieux ? me haïſſez-vous parce que je vous adore ?

Je n'ai point à me juſtifier de cet injuſte reproche, reprit-elle triſtement ; vous en ſçavez trop le contraire : il ſeroit bienheureux pour moi, ſi je l'avois merité. Quoique je ne puſſe vous haïr, ſans être coupable de la plus noire ingratitude, je ſerois moins à plaindre que je ne la ſuis. Mais, que dis-je ? continua-t-elle d'un air confus, je me trouble, & c'eſt l'effet de la fiévre que j'ai eue toute la nuit ; elle occupe encore mon cerveau d'une telle ſorte, que je ne ſçai ce que je dis ; & je vous ſupplie de n'y point prendre garde..... Apprenez-moi plutôt des nouvelles de Monſieur votre Oncle ; le voilà arrivé ; & ſans doute que la viſite qu'il fait aujourd'hui, eſt employée à régler le jour qui doit aſſurer le bonheur de ma ſœur. Vous ſerez heureux tous deux ; & moi, je reſterai toute ma vie malheureuſe.

CROYEZ-VOUS que je puiſſe goûter le moindre bonheur, tandis que vous ne le partagerez pas ? repartit le Comte : non, ma chere Julie, cela eſt impoſſible ; je vous ſuis trop tendrement attaché, & je ferai malheureux, tant que vous ne ferez pas heureuse. Votre malheur ne sera donc borné que par la fin de votre vie, reprit-elle ; car il est impossible que mon sort s'adoucisse. Il le faut remplir ; mais je dois vous en épargner le spectacle, & vous n'aurez point l'ennui de me voir souffrir. Je retournerai cacher mon infortune dans la solitude, dont ma mauvaise destinée m'avoit tirée.

QUELLE idée est la vôtre, ma chere petite sœur, lui dit-il? qu'est-ce qui vous condamne à la retraite ? & pourquoi me menacez-vous si cruellement, de me priver du plaisir de vous voir? Pouvez-vous me faire une pareille question, reprit-elle douloureusement ? & le nom que vous me donnez ne vous en explique-t-il pas assez la nécessité ?

Le Comte en étoit trop amoureux, pour être en état d'épouſer ſa ſœur ſans regret ; mais il lui reſtoit encore aſſez d'honneur & de raiſon, pour n'oſer ſe déterminer à ſuivre un parti, qui, malgré ſon amour & les conſeils de ſa Nourrice, lui étoit défendu par les engagemens précédens. Ainſi, quoique ce propos n'eût rien d'obſcur pour lui, & que ces propres ſentimens lui dictaſſent ce qu'il avoit à lui répondre pour la tranquilliſer & pour l'engager à renoncer au deſſein de rentrer au Cloître, il eut encore le courage de réſiſter; & pour ne lui rien dire de poſitif, il ſe contenta de la ſupplier inſtamment de ne point quitter Marſange, ſi elle ne vouloit pas lui cauſer la mort.

Une réponſe ſi vague n'étant point ſuffiſante pour la ſatisfaire, el'e alloit lui porter de nouveaux ccups, quand elle fut interrompue par la Dame Morin, qui, précédant un Laquais, leur dit qu'il demandoit de la part du Vicomte, s'il pourroit avoir l'honneur de la venir voir sans l'incommoder. Son premier mouvement fut de répondre qu'elle n'étoit pas en état de recevoir l'honneur qu'il lui vouloit faire; mais le Comte l'en pressant instamment, & faisant elle-même réflexion que sa seule ressource étoit de plaire à cet Oncle, elle y consentit enfin; & s'étant calmée le plus qu'il lui fut possible, elle se prépara à cette isite, ordonnant sur-tout que les rideaux de ses fenêtres fussent bien fermés, afin que personne ne pût remarquer l'alteration de son visage; le peu de jour, qui la laisseroit entrevoir, ne pouvant faire appercevoir autre chose qu'une rougeur sur son tein, qui s'attribueroit à la douleur de tête dont elle se plaignoit.

Le Comte sortit au-devant de son Oncle, & rentra aussi-tôt avec lui, qui donnoit la main à Mademoiselle de Marsange, de qui il étoit enchanté. Mais, sans que le plaisir qu'elle recevoit de ses louanges fût suffisant pour diminuer l'inquiétude que lui donnoit la mauvaise santé de sa sœur, elle laissa à peine le tems au Vicomte de lui faire son compliment, qu'elle interrompit pour lui témoigner les allarmes que lui causoit son mal. Mais, loin que ce tendre empressement rappellât dans le cœur de cette ingrate tout ce qu'elle lui devoit, il ne fit que l'aigrir ; & au lieu de la reconnoissance qu'il auroit dû lui inspirer, ne pensant à rien autre chose, qu'à la crainte que son mariage se terminât sans qu'elle le pût empêcher, chaque mot que l'affection de sa sœur lui dictoit, inspiroit à Julie un redoublement de haine qu'elle avoit de la peine à contenir & à ne pas laisser paroître par des réponses dures.

Le son alteré de sa voix, & le peu de conversation que les mouvemens qui l'agitoient lui permettoient de faire, n'empêcherent pas l'Oncle de son Amant de lui faire toutes les honnêtetés imaginables ; & les soins de sa sœur (qui tiroit des conséquences de son style laconique & froid, pour se persuader qu'elle souffroit beaucoup) le lui faisoient remarquer : ce qui fit qu'il attribua à cette feinte incommodité, la difference qu'il trouvoit dans la sécheresse de sa conversation, avec celle dont on lui avoit vanté la douceur & l'agrément. Suppléant à ce défaut par l'imagination, il ne laissa pas de lui dire galamment qu'il étoit au désespoir de n'avoir qu'un neveu ; parce que son bonheur seroit complet, si, en ayant un second, il pouvoit attirer dans sa famille deux sœurs aussi parfaites.

A mesure que la visite se prolongeoit, Julie se rassuroit la voix, & sentoit que son visage se remettoit de même que ses yeux ; en sorte qu'elle pouvoit essayer à parler. Elle remercia le Vicomte dans les termes les plus polis, mais toujours d'un ton assez languissant ; ne voulant pas laisser soupçonner qu'un mal si violent eût passé avec tant de promptitude, à moins qu'il ne fût moins vif qu'elle le vouloit persuader.

Le Vicomte, à qui Mademoiselle de Marsange, faisant toujours avec zéle les honneurs de sa sœur, n'avoit pas manqué à lui faire remarquer ce changement, & à l'attribuer au plaisir que la malade recevoit de sa présence, en fut fort content: félicitant cette aimable aînée d'avoir une sœur si digne d'elle, de même que de l'estime de tous ceux qui la voyoient; & croyant faire plaisir au Comte, il invita Monsieur de Marsange & ses filles à dîner le lendemain à Neuger. Il étoit inutile d'en faire le compliment à la Marquise; cette pauvre Dame n'étant plus, depuis long-tems, en état de quitter son Château. Mais, comme elle étoit de très-bon esprit, elle n'avoit jamais prétendu que ses infirmités tinssent son mari & sa fille dans la contrainte de ne pas aller où il leur plairoit : ainsi, la partie fut acceptée avec joie par Monsieur & Mademoiselle de Marsange. Il en sollicita la prétendue malade avec beaucoup d'empressement, qui, plus il la pressoit, & plus elle se défendoit sur sa mauvaise santé. Mais sa sœur & le Comte joignant leurs sollicitations à celle de Monsieur de Neuger, elle se rendit enfin, ayant eu l'adresse de leur persuader que ce n'étoit qu'à la consideration de chacun d'eux, qu'elle consentoit à ce voyage, après s'être fait promettre que si l'air l'incommodoit en chemin, elle seroit maîtresse de se mettre au lit en arrivant.

La visite de Messieurs de Neuger ayant été suffisamment longue, pour des personnes qui ne vouloient pas coucher à Marsange, ils se retirerent ; & le

Vicomte, charmé de ſa niéce future, ne ceſſoit point de témoigner à ſon neveu l'affection qu'il avoit pour elle, de même que ſa joie de ce qu'elle lui alloit appartenir, lui conſeillant avec ardeur de terminer inceſſamment un mariage qui ne pouvoit que le combler d'honneur & de plaiſir.

Le Comte convenoit ſans contrainte que cette Demoiſelle meritoit toutes les louanges qu'il lui donnoit; mais n'oſant lui faire connoître ce qui ſe paſſoit dans ſon cœur, il ſe contenta de lui dire qu'il ne croyoit pas convenable de traiter de cette affaire à Neuger; parce que, diſoit-il, il ſembleroit que cette famille ne ſeroit venue chez lui que pour le faire expliquer; qu'il ſeroit plus ſéant de prendre un autre tems, & de n'employer le jour ſuivant

ſuivant qu'à ſe réjouir ſans conſéquence. En verité, mon neveu, reprit le Vicomte, vous êtes bien *vétillards*; & ſi c'eſt à préſent la mode dans ce pays, d'obſerver ſi mal-à-propos un vain cérémonial, les uſages y ont bien changé depuis que j'y vivois dans la maiſon paternelle; car je me ſouviens que ce fut mon pere qui y conclut le mariage de ma ſœur, avec le Baron de Valmur, à la mere de qui il en fit la propoſition, parce qu'elle étoit convenable de toutes façons. L'amour qui étoit entre leurs enfans étant ſçu & approuvé depuis long-tems des deux familles, la cérémonie devenoit inutile; & tous les lieux où on ſe devoit dire ce qui faiſoit un plaiſir égal, convenoient également. Vous êtes juſtement dans la même poſition: ce n'eſt qu'un jeu que cette demande, puiſque les mesures & les conditions sont arrêtées depuis long-tems, & que tout est prêt jusqu'aux habits; (il disoit cela parce qu'il avoit vu les ouvrieres qui y travailloient dans la garde-robe de Mademoiselle de Marsange.) & il n'est donc plus question que de la présence du Notaire pour rédiger les conventions..... Cependant, ajouta-t-il, ce sera ce qu'il vous plaira. Je ne ferai le compliment de conclusion que quand vous y consentirez ; mais je ne puis m'empêcher de dire que votre empressement est moins vif que je le croyois, & que vous le deviez avoir.

Le Comte ne répondit rien à ce reproche; mais pour faire changer une conversation qui le gênoit, il lui fit un détail de la fête qu'il vouloit donner ; & il eut l'adresse de le faire durer jusqu'à la descente du carrosse, où il laissa son Oncle, sous le prétexte d'aller commencer à donner les ordres nécessaires, pour que la diligence suppléât au peu de tems qu'il avoit à se préparer, afin que la réception se ressentît de la magnificence dont il faisoit tout, & à laquelle sa premiere Maîtresse étoit accoutumée; tandis que le Vicomte fatigué du voyage fut se reposer.

LES intentions du Comte ayant éte expliquées en peu de mots à des domestiques intelligens, il passa dans les jardins, où ayant trouvé un endroit commode à rêver sans être interrompu, il se préparoit à vaincre une passion dont il ne pouvoit s'empêcher de condamner l'injustice; & peut-être qu'il y eût réussi, sans l'arrivée de la Nourrice qui vint l'y joindre.

Elle étoit inquiéte de la façon dont se devoit terminer cette affaire, ayant parlé trop ouvertement à son Maître, dont elle connoissoit l'humeur facile ; ce qui lui persuadoit que s'il épousoit Mademoiselle de Marsange, non-seulement il n'auroit pas la force de résister à sa volonté de chasser ses anciens serviteurs, mais encore il ne lui pourroit taire ce qu'elle lui avoit dit contre elle. Ainsi, regardant comme un coup de parti de la détruire dans le cœur de son Amant, elle résolut de ne rien épargner pour y réussir.

Il falloit d'abord sçavoir où il en étoit avec lui-même, & en tirer le secret adroitement : ce fut à quoi elle eut moins de peine qu'elle ne l'avoit pensé. La situation où il se trouvoit étoit trop violente, pour qu'il la pût renfermer dans son ame; & il imaginoit un soulagement à la lui confier. Outre l'amitié qu'il avoit pour elle, il envisageoit comme un grand bonheur d'avoir quelqu'un à qui ouvrir son cœur, & qui fût assez complaisant pour ne le point accabler de la morale dont son Oncle l'avoit fatigué; étant certain que bien éloignée de lui tenir ce langage, elle lui applaudiroit dans sa nouvelle passion, quoiqu'il se crût assez sûr de sa fermeté, pour ne point faire usage des conseils agréables qu'elle alloit lui donner, mais qu'il étoit pourtant bien aise d'entendre.

Il ne se trompa point en présumant que sa Nourrice ne lui diroit que ce qu'elle croyoit de son goût : son propre intérêt redoublant le desir qu'elle avoit de lui plaire, la rendit éloquente pour lui prouver qu'il feroit dupe en pure perte, en fe facrifiant à une cruelle bienféance, qui fembloit lui défendre de rompre des arrangemens fi contraires à fon bonheur. Elle lui parloit fi fort, fuivant fes defirs, que fes réfolutions commençoient à s'affoiblir, quand ils apperçurent le Vicomte qui le cherchoit.

Le propre de ceux qui font de mauvaifes actions, eft de croire qu'ils font découverts. Cette crainte faififfant la Nourrice, elle s'enfuit par l'autre bout de l'allée, fi adroitement, que le Vicomte, qui ne prenoit point garde à elle, ne s'en apperçut pas; tandis que le Comte, partageant l'appréhenfion de fa domeftique, & craignant l'entretien, qui vraifemblablement amenoit fon Oncle près de lui, refta interdit.

Il le joignit & fe promena avec

lui quelque tems sans entrer en matiere, le Vicomte cherchant à le faire parler sur l'article de sa Maîtresse, sans qu'il parut une trop grande curiosité de sçavoir d'où provenoit le peu d'empressement qu'il témoignoit à terminer une affaire, dont, par ses lettres, il lui sembloit être si empressé; tandis que son Neveu, qui soupçonnoit son dessein, voulant le détourner avec la même précaution, lui rendit un compte très-prolixe des ordres qu'il avoit donnés & des effets qu'ils devoient produire. Mais, après avoir cent fois redit la même chose de cent différentes façons, il alloit être réduit à laisser parler à son tour le bon homme, si par bonheur pour lui on ne fût venu l'avertir qu'il y avoit dans le village une Troupe d'Operateurs, qui, outre le débit de leurs drogues, gagnoient encore beaucoup à faire des ſauts périlleux, & qui même ſe vantoient d'exécuter des piéces de Théâtre auſſi bien qu'aucunes Troupes de Province. Ils auroient été déteſtables, qu'en cette occaſion le Comte, ravi du prétexte qu'ils offroient à l'interruption du déſagréable tête-à-tête où il étoit en ce moment, leur auroit donné tous les certificats qu'ils étoient les Comédiens les plus parfaits qu'il y eût jamais eu au Théâtre.

Il ordonna que l'on fit venir le Chef de cette fameuſe Troupe; & par la même raiſon, lui trouvant beaucoup plus d'eſprit qu'il n'en av it, il fit durer la converſation ſi long-tems, que le Vicomte, qui depuis bien des années ne ſoupoit plus, fut ſe coucher; le laiſſant occupé à rectifier avec cet homme le plan des plaiſirs qu'il vouloit donner à la compagnie qu'il attendoit le lendemain. L'Opérateur, qui en effet avoit beaucoup de goût, augmenta & embellit par ses conseils tout ce qu'il avoit projetté, dont il fut fort content.

Il y avoit en cette Troupe des Acteurs, dont les voix étoient passables, & d'autres qui jouoient assez bien des instrumens. Plusieurs Domestiques du Comte possédoient le même talent; & il trouva, en les unissant, de quoi donner un bal & un concert, outre la comedie, dont il leur fit faire un essai qui le satisfit. Le Maître de ses Histrions ambulans ayant fait connoître le goût qu'il avoit pour ces sortes de fêtes, & faisant remarquer au Comte qu'il joignoit l'exécution aux avis, il passa par son ordre toute la nuit à ranger les divers spectacles dont il fut chargé.

Un Valet-de-chambre du Marquis arriva à la pointe du jour avertir, de la part de son Maître, que, pour éviter la chaleur, la compagnie seroit à Neuger dans une heure au plus tard, & qu'elle étoit augmentée de plusieurs de leurs amis, qui étoient venus à Marsange après leur départ.

Le Comte jugeant que plus il y auroit de monde & moins on songeroit à parler de l'affaire, dont il ne desiroit le retardement que parce qu'il n'en osoit espérer la rupture, fut ravi que cet obstacle se présentât naturellement sans qu'il y eut de part. Il répondit qu'il étoit charmé d'un hazard qui augmenteroit le plaisir en augmentant la bonne compagnie.

Aussi-tôt que les équipages furent apperçus, on tira des boëtes dont le bruit se faisoit entendre alternativement avec des trompettes & des tymbales qu'avoient les Comédiens, à qui ſe joignoient les cors-de-chaſſe du Comte. Cette bruyante ſymphonie ceſſant quelquefois, pour faire place à celle des muſettes & des hautbois, à meſure qu'ils approchoient la douceur des inſtrumens augmentoit ; les violons & les flutes ſe faiſoient entendre à leur tour ; & la Troupe comique, habillée en Bergers & en Bergeres, danſoit devant les carroſſes, qu'ils précéderent de même juſqu'au pied de la terraſſe du Château. Enfin rien ne manqua à la galanterie de cette réception. Tout y reſpiroit la joie ; & l'entrée de Mademoiſelle de Marſange, dans un lieu où elle comptoit être bientôt ſouveraine, eut l'air d'un triomphe ; à quoi elle fut fort ſenſible, ne pouvant l'attribuer qu'à l'amour du Comte, dont elle lui sçut un gré infini : & quoiqu'elle s'y fût attendue en quelque sorte, elle ne laissoit pas d'être frappée de la magnificence & du bon goût d'une fête, qui étoit d'autant plus admirable qu'elle étoit faite à l'impromptu, n'ayant eu que quinze ou seize heures pour la préparer.

Tous ceux qui l'accompagnoient étoient aussi brillans que gais. La seule Julie, négligée & languissante, sembloit ne prendre de part à tous ces plaisirs que par complaisance pour sa sœur. Mais son air abattu & sans ornemens ne diminuoit point sa beauté : au contraire, il la faisoit paroître plus touchante, & ne lui fit rien perdre sur le cœur de celui qui auroit voulu en avoir deux pour satisfaire à la fois à son devoir & à son inclination.

La foiblesse que Julie affectoit mit le Comte dans la nécessité de la deſcendre de çarroſſe, & de la porter entre ſes bras ſur une chaiſe longue, qui ſe trouva dans le premier endroit où ils entrerent. Il ſuivit ſes deſirs en ce moment, ſans que cela put être remarqué.

TANDIS que cet Amant s'empreſſoit pour une autre, aux yeux de celle qui le croyoit tout à elle, ſans qu'elle en prît d'ombrage, le Vicomte, qui avoit donné la main à cette derniere pour deſcendre, lui témoignoit de la façon la plus empreſſée le plaiſir qu'il avoit à la voir en ce lieu; & la Demoiſelle ſe croyant l'héroïne de la fête, n'épargnoit rien pour en faire les honneurs d'une façon propre à ſatisfaire tout le monde. Elle n'eut pas de peine à y réuſſir: accoutumée à l'air de grandeur où elle avoit été élevée, elle agiſſoit naturellement, & ſes manieres n'avoient rien d'embarraſſé.

Il étoit ſi matin quand ils arriverent, que la promenade pouvoit encore être de ſaiſon. Ayant paſſé dans le jardin, on danſa ſur les ſalles vertes long-tems avant d'être incommodé du ſoleil; mais ayant commencé à ſe faire trop ſentir, chacun cherchant l'ombre, on ſe ſépara: les uns furent ſe mettre au frais dans le Château où pluſieurs jouerent, tandis que les autres reſtant dehors, trouverent aſſez de couvert pour ne point appréhender les incommodités du ſoleil.

Julie ſuivit ce dernier parti: elle étoit venue au petit pas pour voir danſer, à la ſollicitation de ſa ſœur, qui aidée par le Comte, l'avoit preſqu'apportée ſur l'herbe; & quand elle n'y put reſter, elle paſſa ſous un berceau de verdure, qui étoit en face du ſallon où on jouoit, en disant qu'elle ne pouvoit suivre les autres, & que le bruit des instrumens qui les accompagnoient, l'incommodoit. Plusieurs d'entre les Dames qui étoient de cette partie s'assirent auprès d'elle ; mais insensiblement elles la quitterent, occasionnées à satisfaire l'envie de se promener sur ce que la malade, fermant quelquefois les yeux, sembloit les inviter à la laisser seule.

Malgré le desir qu'elle témoignoit pour la solitude, le Comte n'auroit pas balancé à rester, à lui tenir compagnie, étant persuadé qu'il seroit excepté de la régle générale; mais il se crut obligé de suivre les autres, & de témoigner quelqu'empressement à son épouse prétendue. Mais s'il observa, par un mouvement involontaire, une bienséance qui le gênoit si prodigieusement, il ne le put faire sans laisser paroître la contrainte qu'il en avoit. Elle fut au point que Mademoiselle de Marsange, de qui un rien choquoit la délicatesse, s'en étant apperçue le lui fit aigrement connoître. Mais il fut peu sensible à cette remontrance; uniquement occupé de l'état de sa chere Julie, du desir de l'entretenir & du regret de ne pouvoir lui dire que quelques mots interrompus, il faisoit peu d'attention au reste.

QUOIQU'IL ne songeât qu'à trouver l'occasion de lui parler, il lui fut impossible d'y parvenir, & ses yeux en firent seuls l'office. Le jour étant passé ainsi, on étoit sur le point de se séparer, quand pour surprendre ce départ, il lui vint à l'esprit de proposer une partie de chasse pour le lendemain. Cet expédient lui réussit.

La

La partie fut acceptée avec bien de la joie; & il oſa ſe flatter que le ſecond jour lui feroit plus favcrable que le premier.

L'AURORE paroiſſoit à peine, que chacun fut prêt à monter à cheval; & Mademoiſelle de Marſange, qui étoit paſſionnée pour ce plaiſir, fut la premiere en état de partir : les autres Dames, à ſon imitation, ne témoignerent pas moins d'empreſſement.

LA ſeule Julie ne ſe mit point en devoir de les ſuivre ; reſtant au lit, où on ſe contenta de la recommander aux femmes qui étoient chez le Comte. La Nourrice s'appercevant que, malgré la paſſion que Mademoiſelle de Marſange avoit pour cet exercice, ſon ardeur ſe ralentiſſoit en voyant que ſa ſœur ne pouvoit pas l'y accompagner comme elle s'en étoit flattée, & comme le Vicomte, qui y devoit aller dans sa caleche, avoit projetté de lui donner une place, cette femme promit de se charger du soin de la garder & de l'amuser le plus agréablement qu'il lui seroit possible : mais elle eut bien de la peine à l'empêcher de la garder elle-même, car elle sembloit s'y déterminer : & ce n'est pas sans peine que Julie la fit consentir à suivre les autres. Il ne lui fallut pas moins que le prétexte de se reposer, à quoi elle lui dit qu'elle alloit employer le tems de son absence.

Cette tendre sœur cédant à un motif si interessant, courut joindre la troupe qui étoit déja à cheval ; & insensiblement le plaisir l'emportant, l'inquiétude de la maladie de sa cadette s'affoiblit, & ne resta pas assez puiſſante pour troubler la ſatisfaction qu'elle alloit goûter.

Le cerf étant lancé, les Dames diſputerent d'ardeur avec les chaſſeurs à qui ſuivroit les chiens de plus près. Le Comte courut quelque tems comme les autres, en témoignant un empreſſement pareil. Mais inſenſiblement ralentiſſant ſa courſe il ſe trouva fort loin derriere, & près d'un ſentier qui lui étoit connu, dans lequel il ſe jetta pour retourner au Château par le plus court chemin. Il s'y rendit avec précipitation, & vola à l'appartement où il avoit laiſſé Julie au lit: mais ne l'y trouvant point, il ſortit de cette chambre par une porte vitrée qui donnoit ſur les jardins, où il apperçut ſa chere Maîtreſſe aſſiſe près d'une piéce d'eau nonchalamment appuyée ſur la baluſtrade qui l'environnoit. Elle étoit plongée dans une si profonde rêverie, qu'elle ne le remarqua qu'après qu'il fut assis à ses côtés, & que lui prenant la main : vous verrai-je toujours ensevelie dans cette sombre tristesse, ma chere Julie, lui dit-il ? est-il possible que votre santé soit si foible qu'elle vous rende insensible à ce que je fais pour vous plaire ? ..... ou plutôt, n'est-ce point la haine que vous avez pour moi, & le chagrin d'être obligée de la cacher, qui redouble votre mélancolie ?

Vous sçavez mieux que vous ne dites, reprit-elle, en soupirant & en le regardant d'un air languissant : hélas ! ma haine ne vous sçauroit nuire ; & ce seroit un grand bonheur pour moi, si je pouvois être assez injuste pour vous haïr. Mon mal n'est causé que par mes chagrins ; & ces chagrins ne viennent que de la néceſſité & de la douleur de me ſéparer de tout ce que j'aime........ Puis-je laiſſer ma famille, ajouta-t-elle, en affectant de l'embarras d'en avoir trop dit, ſans regret & ſans qu'il m'en coûte aſſez de peine pour me rendre malade?

COMMENT, laiſſer votre famille, interrompit le Comte avec précipitation! Eh! pourquoi la laiſſeriez-vous? eſt-ce que vous avez oublié nos conventions? Et tandis que Monſieur votre pere ne ſonge plus à vous renvoyer au Cloître, c'eſt vous qui y voulez rentrer. Apparemment, en doutant que je veuille remplir les engagemens que j'ai pris à votre ſujet. Ne me faites pas ce tort, je vous ſupplie, & croyez de grace que je ferai non-ſeulement ce que j'ai promis, mais beaucoup par-delà. Je vous laiſſerai la maîtreſſe de décider ce que vous voudrez que je faſſe. Seriez-vous aſſez injuſte pour douter de ma bonne foi & de mon affection ? Il faut donc que vous ignoriez que le bonheur de ma vie eſt attaché à vous voir. Songez-vous enfin que vous ne pouvez m'abandonner ſans me cauſer la mort ?

Il le faut pourtant, dit Julie en pleurant. Loin de chercher à détruire une réſolution abſolument néceſſaire, vous devez me laiſſer partir ſans vous y oppoſer, & maudire avec moi le funeſte événement, qui, en me tirant d'un lieu où toutes mes connoiſſances étoient bornées & qui étoit l'univers pour moi, m'a permis de venir connoître un monde, & un état different qui ne m'eſt point reſervé, & où malheureuſement mon cœur a pris des impressions inéffaçables, & qui décident entierement de ma triste destinée. Tout ce que je puis esperer de plus consolant, c'est que ma vie finisse bientôt. Mais aidez-moi de grace à vaincre la foiblesse qui m'a fait balancer jusqu'à ce jour à reprendre mon premier état. Il faut pour cela que vous vous absteniez de me voir ; je ne vous ai que trop vu, & sans retardement, ni attendre votre mariage, je déclarerai ce soir en rentrant à Marsange, que je parts demain pour l'Abbaye, dont je n'aurois dû sortir, si mon mauvais sort n'en eût disposé autrement.

Les pleurs qu'elle répandit en abondance l'empêcherent de continuer. Le Comte en fut si pénétré qu'il resta quelqu'instant immobile, sans avoir la force de parler. Mais enfin reprenant la parole : non, vous ne partirez point, s'écria-t-il ; si vous me regardez avec trop d'indifference pour ne vous point rendre à mes prieres, rendez-vous du moins à la crainte des malheurs, & de l'éclat terrible que vous causeriez ; car je vous déclare qu'il n'est aucune consideration qui me force à le souffrir. Si je ne puis vous empêcher d'exécuter ce dessein cruel, j'aurai recours à l'incendie. Oui, je mettrai le feu à cette Maison pour vous en arracher, plutôt que de souffrir que vous m'abandonniez si inhumainement. Après cet aveu, pour peu que vous m'aimiez, vous ne pourrez me pousser au désespoir, quand je vous supplie d'avoir pitié de moi.

Hélas ! répartit Julie, ayez pitié de moi vous-même, & faites

faites réflexion au perſonnage que je ferois dans le monde, ſi je pouvois conſentir à y demeurer. Vous dites que vous m'aimez ; cette ſeule raiſon, vraie ou fauſſe, décide également de mon ſort. Vous êtes trop clair-voyant, & moi trop ingénue, pour que vous ayez pu ne pas appercevoir les ſentimens que j'ai pour vous. C'en eſt aſſez, je crois, pour m'obliger à m'éloigner, & pour que vous ne deviez pas exiger que je reſte chez vous, ni même à Marſange, pour y goûter l'amertume du ſpectacle de ma ſœur, auſſi heureuſe qu'elle le va être. Ne pouvant m'empêcher d'envier un bonheur, qui me mettra à tous momens au déſeſpoir, il vaut bien mieux que j'aille cacher ma honte dans l'obſcurité du Cloître, & des mouvemens que je ne pourrois ſi bien retenir, qu'ils ne fussent apperçus ; ce qui me rendroit la fable de tous ceux qui en seroient instruits. Enfin, c'est une affaire décidée. Si les premiers jours de mon absence vous paroissent rudes, l'habitude à ne me plus voir vous en consolera, d'autant plus que ce sera précisément pendant vos nôces, où les diverses occupations que vous allez avoir, & la douceur de posséder un épouse que vous aimerez, vous fera entierement oublier la miserable Julie, de qui le sort sera bien different ; tout concourra à l'éloigner de votre souvenir, tandis que tout vous rendra présent au sien.

Adieu donc encore une fois, mon cher frere, puisque mon malheur veut que je vous appelle ainsi, continua-t-elle en versant un torrent de larmes ; oubliez ma foiblesse : mais ne m'oubliez pas aſſez pour ne vous plus ſouvenir de moi, comme d'une ſœur qui cherchera toujours à meriter votre eſtime & votre amitié, & qui ne peut vous cacher qu'elle fera des efforts inutiles pour prendre à votre égard les ſentimens qu'elle exige de vous, & ſur-tout pour s'accoutumer à penſer ſans déſeſpoir que vous êtes ſon beau-frere.

Ah! s'écria le Comte tout troublé, ne croyez pas que je le porte jamais ce nom fatal. Quoi! je ſerois aſſez ennemi de moi-même pour me priver de l'eſpoir de vous poſſéder, & pour mettre un obſtacle éternel à ma félicité? non, non, de ma vie je ne ſerai l'époux de votre ſœur. Je ne puis ignorer, pourſuivit-il, le courroux qu'elle en aura, ce que le public en pourra dire, & l'indignation que le Marquis en témoignera ; mais je ſuis déterminé à m'expoſer à tout, plutôt que de me lier d'une odieuſe chaîne. Je voudrois vous pouvoir faire un ſacrifice plus conſiderable, puiſque je vous aime uniquement, & que je ne trouverai rien d'impoſſible pour vous le faire connoître ; mais ne m'abandonnez pas, & me laiſſez le ſoin de me dégager le plus honnêtement qu'il me ſera poſſible. S'il eſt vrai, reprit Julie, que vous m'aimiez aſſez pour entreprendre ce que vous dites, comme je prévois l'orage qui éclateroit contre vous & moi, ſacrifiant à mon tour mes interêts aux vôtres, je dois vous en empêcher, & vous faire enviſager qu'outre les reproches que vous recevriez de tous ceux qui ſe ſont intereſſés à votre engagement, mon pere ne conſentiroit jamais à l'échange que vous lui proposeriez : cette démarche sans succès ne serviroit qu'à augmenter la haine qu'il a pour moi, & même à l'autoriser.

Vous cherchez à rendre les difficultés insurmontables, quand elle sont aisées à vaincre, répondit-il; il n'y à rien d'écrit de tous les engagemens projettés ; & puisque l'accord que ce mariage fait entre nos Maisons, est uniquement aux dépens de mes interêts, il n'est pas juste que ce soit aussi aux dépens du repos & de la tranquillité de ma vie.

La probité, qui avoit porté le Comte à combattre les mauvaises raisons que sa Nourrice lui fournissoit la veille, pour lui faire comprendre qu'il n'étoit pas obligé de tenir sa parole, cédant alors à sa passion, lui remit dans l'esprit les mêmes propos qu'il avoit méprisés, & les lui fit envisager comme des droits incontestables, auxquels personne ne pouvoit trouver à redire. Cette difficulté, poursuivit-il, n'en sera une, que si vous m'aimez assez peu pour en faire un prétexte à vos refus ; mais si vous voulez ne point partir, & me promettre de me laisser agir, je me charge de l'événement, & vous donne dès à présent ma foi, en vous jurant d'être votre époux : donnez-moi une pareille assurance, & laissez agir le tems, l'amour & mes soins.

JULIE, feignant encore quelques momens de se défendre, lui représenta les difficultés qu'elle prévoyoit de la part de son Pere; mais elle avoit trop desiré de l'émmener au point où elle le voyoit, pour refuser de faire tout ce qui pouvoit l'affermir dans sa résolution : & elle lui promit de n'avoir jamais d'autre époux, dans des termes si touchans, qu'ils acheverent d'enflammer le foible Comte.

Cette conversation fut fort longue, quoiqu'ils ne s'en apperçussent pas. Ils n'auroient point songé à se séparer si-tôt, ne croyant pas qu'il y eût une demi-heure qu'ils fussent ensemble, si la fidelle Nourrice ne les eût fait souvenir qu'il y avoit plus de deux heures qu'il étoit arrivé; & que s'il ne vouloit pas que son absence fût remarquée, ou même être surpris auprès d'elle, il étoit tems de rejoindre la chasse qui s'approchoit, & dont on entendoit retentir le son des cors, & les cris des chiens, de l'endroit où ils étoient.

Le Comte, n'ayant point de tems à perdre, monta à cheval; & repassant par les mêmes sentiers qu'il avoit ſuivis en venant, il arriva aſſez adroitement pour qu'il ſemblât venir du côté oppoſé au Château; & perſonne ne le ſoupçonna d'y avoir été: laiſſant Julie dans l'agréable eſperance de parvenir à ſon but, ſe repaiſſant d'avance de l'idée charmante d'un établiſſement ſi avantageux, & du plaiſir de ne le devoir qu'à ſon induſtrie. Les moyens perfides qu'elle y avoit employés, & l'ingratitude dont elle ſe préparoit à récompenſer les bontés & la tendreſſe de ſon aînée, ne ſe préſenterent que légerement à ſon imagination; décidant dans ſon propre conſeil qu'elle ne pouvoit être blâmée de préferer ſon interêt à tout autre, elle ſe diſoit à elle-même, qu'elle ne manqueroit pas d'occaſion de lui rendre des ſervices qui vaudroient ceux qu'elle en avoit reçus.

PENDANT que Julie se délectoit dans son entretien interieur, & qu'elle formoit des projets pour sa fortune, le Comte rejoignit aussi-tôt pour se trouver à la mort. On le railla de s'être ainsi séparé de la chasse; mais loin d'imaginer le motif qui la lui avoit fait quitter, on soupçonna sa magnificence & sa galanterie de l'avoir ainsi éloignée, pour donner des ordres propres à continuer les plaisirs ; & on se persuada qu'il vouloit causer quelqu'agréable surprise. Il n'y eut que Mademoiselle de Marsange qui ne pensa pas de même. Sans être plus que les autres au fait d'un mystere qu'il lui eût été si important de connoître, elle fut offensée de ce qu'il ne lui avoit pas confié ce secret ; & quelqu'une des Dames ayant dit en riant que c'étoit une Fée, ou une des Divinités de ces bois, qui l'avoit retenu pour avoir un entretien particulier avec lui, elle n'entra point dans la plaisanterie, ne pouvant s'empêcher de répliquer d'un ton piqué, qu'il étoit inutile de chercher dans la fiction la raison d'une conduite si singuliere ; qu'à l'impolitesse qu'il avoit témoignée, en abandonnant une compagnie qui lui avoit fait la grace de venir chez lui, & en faisant connoître par ce procédé qu'il la regardoit sans conséquence, elle joignoit pour son compte une preuve des sentimens obligeans qu'il avoit pour elle ; que trop certain d'être approuvé par une personne dont il se croyoit assuré, il se livroit au sans-façon, comme on fait à ses inferieurs, ou à l'indolence d'un époux. Cependant, poursuivit-elle, il ne faut compter sur les choſes, que quand elles ſont arrivées ; & il ſe pourroit trouver la dupe de ſa ſécurité.

QUELQU'AIGREUR qui parut en ce diſcours, dont l'air irrité de la Demoiſelle répondoit aux paroles, le Comte ne ſembla pas les entendre. Cette indifference paſſa dans l'eſprit de ceux qui en furent témoins, pour un effet de ſon amour pour la paix, qui lui faiſoit recevoir ſans émotion une correction auſſi vive, & ſans y répondre, de peur d'augmenter le mécontentement de ſa maîtreſſe ; tandis que dans le vrai, la ſenſibilité qu'il avoit pour celle qui l'obſédoit alors, le rendoit inſenſible aux vivacités de l'autre.

CETTE Amante trahie, voyant qu'au retour de la chaſſe, loin d'eſſayer à l'appaiſer, il ne l'abordoit ſeulement pas, crut devoir punir ſa négligence ; & ſe flatta de ranimer son amour par un peu de jalousie.

Il y avoit dans la compagnie un jeune Colonel, arrivé de Paris depuis peu ; il étoit venu passer quelques mois dans sa famille, & depuis son retour, il alloit souvent à Marsange, son pere étant un ami particulier du Marquis. Cet Officier témoignoit autant d'empressement pour Mademoiselle de Marsange, que la bienséance le lui pouvoit permettre auprès d'une personne dont il n'ignoroit pas les engagemens. Elle recevoit agréablement ses galanteries ; mais affectant à même-tems de n'y laisser aucune apparence de goût, n'étant point coquette naturellement, & ne voulant donner au Comte aucun sujet de se plaindre sur cet article.

Cet événement la fit changer

d'avis, & lui persuada qu'elle pouvoit innocemment employer ce stratagême pour réveiller l'amour de son Amant : ainsi, sans donner à ce jeune Cavalier des esperances frivoles, elle en souffrit les empressemens encore plus honnêtement que de coutume, affectant de lui donner la main par préference, ou de le placer près d'elle : mais ce fut en vain qu'elle en prit la peine ; & celui pour qui elle la prenoit, ne daigna pas le remarquer.

Comme les Dames sont moins habituées aux fatigues de la chasse, que ne sont les hommes, elles demeurerent peu de tems, après être rentrées, sans chercher à se reposer, pour se mettre en état de goûter les nouveaux plaisirs, à quoi elles s'attendoient : il n'y eut que Mademoiselle de Marsange à qui l'interêt qu'elle prenoit à la ſanté de ſa ſœur, & l'inquiétude qu'elle en avoit, fit préferer le plaiſir de la revoir, à la douceur du repos: & dès qu'elle fut libre, ſon premier ſoin fut de la chercher.

Elle la trouva au lit. La joie qu'elle avoit du ſuccès de ſes ſoins, s'étant repandue malgré elle ſur ſon viſage, & s'étant par hazard regardée dans ſon miroir, elle ne balança pas à ſe coucher, jugeant qu'il lui ſeroit impoſſible de déguiſer la ſatisfaction qui brilloit en ſes yeux, & craignant que n'en pouvant dire la raiſon à ſa ſœur, qui étoit trop attentive pour ne pas s'en appercevoir, elle ne la devinât. Cette nouveauté ne pouvant manquer de lui donner quelque ſoupçon de la verité, qu'elle avoit tant d'interêt à cacher, jointe à la diſparution qu'avoit faite le Comte pendant la chaſſe, elle ignoroit les diſcours qui s'étoient tenus à ſon retour ; mais elle ne pouvoit douter que Mademoiſelle de Marſange s'en fût apperçue.

APRÉS lui avoir demandé, de cet air de bonté dont elle accompagnoit toutes ſes actions à ſon égard, des nouvelles de ſa ſanté, & à quoi elle s'étoit occupée pendant leur abſence, elle lui récita ce qui s'étoit paſſé à la chaſſe ; n'oubliant point de lui parler du Comte qui les avoit laiſſés, & n'étoit revenu que deux heures après, ſans avoir daigné lui dire où il avoit paſſé ce tems, & pourquoi il les avoit abondonnés ; ajoutant naturellement qu'elle en avoit été aſſez piquée pour le lui témoigner. Mais, ma chere amie, pourſuivit-elle, j'ai eu la douleur de le voir insensible à mon courroux ; je ne sçai même s'il s'en est apperçu, non plus que des manieres obligeantes que j'ai affectées pour le Chevalier de *** Il est aimable, & assurément tout propre à exciter la jalousie d'un amant : cependant, je le dis à ma honte, quelque visibles qu'ayent été les honnêtetés que je lui ai faites, l'ingrat ne les a pas remarquées, ou du moins il n'a pas daigné témoigner qu'il s'en apperçût.

Est-il possible, s'écria-t-elle douloureusement, que l'assurance que les hommes ont d'un bien, le leur rende indifferent ! Ah ! sans doute il ne m'aime plus.

Julie sçavoit bien certainement que sa sœur disoit vrai, sans le croire absolument ; se flattant encore que ces froideurs annonçoient quelque mécontentement, mais non pas entierement son inconstance,

inconſtance, & une rupture qu'elle regardoit comme impoſſible; les paroles données de part & d'autres, étant, ſelon ſa façon de penſer, des nœuds auſſi indiſſolubles, que s'ils euſſent eu tous leur effet.

Elle étoit dans une erreur dont ſa cadette appréhendoit de la tirer, en diſant quelque choſe mal-à-propos; & loin de la ſoulager par les avis qu'elle lui demandoit, ou les conjectures qu'elle l'invitoit à examiner, elle lui répondit qu'elle avoit trop peu d'uſage du monde, & d'experience, pour lui donner des conſeils, ou pour imaginer quels pouvoient être les motifs de la conduite du Comte; que perſonne, n'ayant autant d'eſprit qu'elle, perſonne n'étoit par conſéquent mieux en état de dire de quelle façon elle en devoit agir avec un Amant qui se refroidissoit; que leur amour étoit le premier qu'elle avoit vu, & qu'à seize ans & demi, dont elle en avoit passé douze au Couvent, les affaires de cette nature étoient un pays qui lui étoit entiérement inconnu.

L'EMBARRAS qu'elle ne pouvoit s'empêcher de faire connoître à sa sœur, en parlant de la sorte, en fut aisément remarqué; & Mademoiselle de Marsange l'attribuant à la crainte qu'elle se faisoit pour parler, voyant qu'elle se plaignoit fortement du mal de tête, appréhendant qu'une plus longue conversation ne l'incommodât, la laissa sans en avoir rien tiré qui pût la tranquilliser.

ELLE fut joindre la compagnie qui se rassembloit insensiblement. Plusieurs Dames étant déja rentrées, avoient envoyé voir chez elle, si elle n'étoit pas suffisamment délassée ; & ayant appris qu'elle n'y avoit point été, & qu'elle étoit chez sa sœur, elles envoyerent demander de leurs nouvelles à toutes deux, & la permission d'aller voir la malade, qui leur fut refusée à l'instant, & qui lui servit de prétexte pour conjurer sa sœur de s'en aller promptement, afin de lui éviter l'ennui des visites dont elle étoit menacée. Mademoiselle de Marsange, qui voyoit ou croyoit voir ce qu'elle souffroit à lui parler toute seule, se pressa de sortir, dans la crainte que malgré le refus de les recevoir qu'elle venoit de faire, ces Dames, par zéle ou par cérémonie, ne vinssent l'incommoder ; & pour empêcher cet accident, elle fut promptement les trouver.

La joie animoit cette belle troupe, à la reserve de Mademoiselle de Marsange & du Comte, qu'elle trouvoit plongé dans une profonde rêverie, dont elle lui sçut gré, l'attribuant à la petite finesse qu'elle avoit eue de le piquer par le moyen des honnêtetés qu'elle avoit faites au Chevalier de ***, & par le dépit qu'elle lui avoit fait paroître. Mais craignant à la fin de le trop mortifier, elle voulut effacer cette petite peine par un air plus obligeant, & lui témoigner que lui seul pouvoit compter sur sa tendresse.

CHANGEANT insensiblement de façon d'agir, & renfermant la hauteur de son humeur, elle ne lui en laissa plus voir que les charmes; mais ce n'en étoit plus la saison: & ce changement, qui auroit fait sa félicité quinze jours devant, ne fit alors aucune impression sur le cœur de cet infidéle : ſa nouvelle inclination étoit trop violente pour céder à un reméde qui venoit à contre-tems.

Il ne pouvoit s'empêcher de lui rendre juſtice, & de convenir en lui-même qu'elle étoit charmante, & que, quand elle vouloit faire paroître tous ſes agrémens, perſonne ne la pouvoit ſurpaſſer. Mais l'aveu de ſes verités partoit de ſon eſprit, & ſon cœur n'y prenoit point de part ; au contraire ; dans ſa prévention, ces avantages tournoient contre elle. Il ſe diſoit que, puiſqu'elle pouvoit être toujours aimable, elle avoit tort de ne l'être que par caprice ; & qu'il ne ſeroit pas raiſonnable de prendre une femme poſſédée de deux humeurs ſi differentes, dont il faiſoit d'avance l'experience ; que la moins agréable lui ſeroit deſtinée, tandis que les étrangers, n'en voyant que le beau, le blâmeroient encore, s'il osoit témoigner quelque mécontentement.

On passa encore deux jours à Neuger sans qu'elle le put engager à quelques conversations particulieres. Il se ménageoit si adroitement, qu'il se fournissoit des occupations qui sembloient être d'une bienséance indispensable, qui cependant, ne l'empêchoient point d'aller souvent voir Julie : mais il prenoit toujours le tems où il sçavoit que Mademoiselle de Marsange étoit engagée dans quelque partie, qui lui étoit impossible de laisser pour les aller surprendre ; & il s'arrangeoit si adroitement, qu'elle ne pouvoit s'en appercevoir.

Le moment de se séparer étant arrivé, on résolut de partir à la fraîcheur, comme on étoit venu; & chacun se retira, enchanté de la réception qui leur avoit été faite, de même que des plaisirs dont ils étoient comblés; avouant unanimement que le Comte & sa Maîtresse entendoient parfaitement à faire les honneurs de chez eux; car elle en avoit agi comme si elle eût déja été la Dame du Château.

Le bon Oncle l'embrassant avec une tendresse qui redoubloit par le caprice & l'indifférence dont son Neveu en avoit usé avec elle, & dont il avoit le cœur serré, sans lui en rien témoigner, il lui fit des caresses qui l'auroient affligée autant qu'elles la satisfaisoient, si elle en eût connu le principe: mais, ne les envisageant que comme des preuves qu'elle avoit sçu lui plaire, le regardant comme l'Oncle cheri de son Amant, & le veritable ami de son Pere, elle les recevoit &

s'en félicitoit de tout son cœur.

Le Vicomte, craignant de trop laisser paroître ce qu'il pensoit sur l'inconstance dont il soupçonnoit son Neveu, refusa de suivre cette belle troupe, prenant à l'ordinaire l'excuse de sa santé : & paroissant impatient d'avoir la liberté de se mettre au lit, il prit congé de la compagnie, & embrassa son ami en soupirant tout bas, sans pourtant se persuader que le Comte pousseroit les choses jusqu'à rompre ; mais en pensant que lui & Mademoiselle de Marsange seroient moins heureux qu'il ne l'avoit esperé.

Le Comte reconduisit le Marquis & sa troupe à Marsange ; & le prétexte que son Oncle avoit pris afin de s'en dispenser, fut aussi celui dont il se servit pour n'y point rester, en disant que son devoir l'obligeoit à retourner auprès de M. le Vicomte, qui sans doute seroit fatigué d'avoir été dérangé quelques jours de son régime; mais sa veritable raison étoit produite par la crainte de l'entretien qu'il prévoyoit que le Marquis chercheroit à avoir avec lui, ou même celui de sa fille aînée, qu'il ne pourroit plus éviter aussi aisément, quand il se trouveroit seul avec cette famille, qu'il avoit fait dans le tumulte du grand monde.

Après la vivacité que Mademoiselle de Marsange avoit laissé paroître sur l'absence de son Amant pendant la chasse, ayant fait réflexion qu'il ne paroissoit nullement s'en embarrasser, non plus que de ses chagrins ou de ses prétendues coquetteries, ni même de son retour vers lui, elle commença à craindre tout de bon de le perdre, & ne regarda plus si assurément l'obstacle de sa parole, comme un lien indissoluble. Cherchant à réparer le passé par une conduite differente, au lieu de ne parler que d'un ton imperieux, elle le prévenoit avec mille manieres engageantes, dont il se trouvoit alors aussi embarrassé, qu'il étoit ci-devant piqué ou effrayé des façons opposées; & il fut aussi mortifié de ce qu'elle le privoit du prétexte de se plaindre, qu'il étoit déseSperé autrefois en les recevant; ce changement rompant toutes les mesures sur qui il comptoit, pour fonder la justice de ses nouveaux procédés.

CEPENDANT, ne pouvant continuer le personnage d'Amant passionné auprès d'elle, tandis qu'il ne sentoit plus que de l'indifference qui alloit jusqu'au dégoût, sans oser laisser paroître sa nouvelle ardeur, il s'estimoit heureux de pouvoir se servir de l'occasion que la délicatesse de la ſanté de ſon Oncle lui fourniſſoit, pour ne point reſter expoſé à une explication qu'il redoutoit, & dont il n'auroit ſçu comment ſe tirer.

Il étoit trop ſurchargé de ſes penſées & de ſes craintes, pour ne pas chercher avec empreſſement quelqu'un qui pût l'écouter, & l'aſſiſter de ſes conſeils. Mais où trouver un confident plus agréable & plus commode que ſa femme de charge? Ce qu'elle ſçavoit déja, & la complaiſance dont elle applaudiſſoit à ſon nouveau goût, la lui faiſoit paroître plus propre que perſonne à ce qu'il deſiroit.

Aussi-tôt ſon retour, il lui fit dire de venir lui parler. La bonne Nourrice, ne doutant point de la raiſon qui l'obligeoit à la mander, courut en diligence où elle étoit deſirée. Quoiqu'il y [illegible] à peine ſix heures qu'il l'avoit quittée, le tems lui ſembloit de la longueur

N 2

de six mois ; & il lui redit ce qu'il lui avoit déja dit cent fois, à quoi elle avoit répondu autant : mais il y ajouta le nouvel embarras où le changement des procédés de Mademoiselle de Marsange le jettoit depuis vingt-quatre heures, en lui disant que malgré cela, son cœur ne balançoit point, & qu'il étoit toujours déterminé en faveur de Julie.

C'EST ce qui me fait enrager, ajouta-t-il ; tant que j'en ai été amoureux, elle m'a traité en esclave ; & à présent que je ne l'aime plus, le démon qui me persécute, lui inspire de cesser de me donner des mécontentemens, sur quoi je fondois l'heureux prétexte de mon dégoût : & je serai assez malheureux pour me voir réduit à l'épouser, parce que je ne pourrai trouver d'occasion de m'en plaindre.

LA Nourrice, voulant le soulager dans cette bizarre situation, & le déterminer sur le parti que ſon propre interêt vouloit qu'elle ſoutînt, lui dit qu'il faudroit qu'il fût fou, ſi les préjugés d'un honneur chimerique le retenoient ; & par hazard elle employa, pour l'en convaincre, les mêmes raiſons que lui-même s'étoit dites au déſavantage du changement obligeant qui paroiſſoit dans les procédés de cette Demoiſelle.

ENCORE que par une ſuite de ſes caprices, lui dit-elle, elle change de maniere avec vous, ne devez-vous pas enviſager que ce n'eſt qu'une nouvelle preuve de ſes inégalités, & une nouvelle certitude qu'elle ne s'eſt jamais gouvernée par la raiſon ; puiſqu'il n'y en avoit pas plus à l'engager de vous traiter ſi mal, qu'il y en a à préſent à vous flatter : & croyez-moi, mon Maître, ſi vous l'épouſez ſur cette apparence flatteuſe du changement de ſes procédés ridielles, c'est où elle vous attend; & vous lui paierez cherement la contrainte à laquelle la peur de vous perdre la réduit aujourd'hui.

TOUT ce qu'elle disoit paroissoit de fort bon sens au foible Comte. Mais comme son incertitude étoit extrême, à même-tems qu'il se laissoit empoisonner le cœur par cette pernicieuse femme, il n'avoit pas la force de sécouer entierement le joug de la probité; & il ne lui cacha point que son inclination déterminée pour Julie, ne l'aveugloit pas sur ce qu'il devoit à sa sœur & à lui-même, lui avouant qu'il étoit homme à sacrifier son bonheur à la nécessité de tenir sa parole, qu'elle traitoit de chimere; & qu'il n'y auroit eu que la continuation des hauteurs de la Demoiselle, qui, lui donnant un prétexte aussi plausible qu'il étoit visible, lui pût inspirer assez de résolution pour se révolter contre la tyrannie dont il étoit la victime, depuis qu'il avoit eu le malheur de s'attacher à elle. Cette unique circonstance étant seule capable de le mettre en état de s'exposer à la censure de tout le monde, avec la fermeté nécessaire pour lui donner une telle mortification, sans en sentir de remords, & sans considerer à quel point il outrageroit une fille qui avoit autant de vertu que de naissance, qui ne l'aimoit que parce qu'il avoit fait tous ses efforts pour acquerir son affection, & à qui, pour toute reconnoissance, il feroit l'affront le plus signalé qui se pût imaginer.

ENFIN il donna à connoître à cette femme que, malgré son amour pour Julie, il n'auroit pas le courage d'acheter le bonheur de la posséder, au prix d'un si mauvais procédé, & des chagrins qu'il ne doutoit point qu'il ne lui fallût donner au Marquis, avant de le déterminer à souffrir que sa fille en reçût un si sensible.

La Nourrice frémit de cette résolution ; & ne voulant rien épargner pour parer l'inconvénient qu'elle redoutoit, elle lui représenta fortement les désagrémens d'une union faite sans inclination, & de plus, à contrecœur ; en ayant une autre, dont il perdoit pour jamais l'espoir de la possession, & avec qui il seroit pourtant obligé de vivre, en dissimulant continuellement pour ne point attirer de contre-tems fâcheux à l'objet de son amour, de la part de celui de sa haine : car, poursuivit-elle, vous ne devez point vous flatter sur tout ce qui va arriver. Envisagez-bien les événemens infaillibles avant de vous y engager pour toujours. Vous êtes actuellement aveuglé par la néceſſité où vous croyez que votre honneur vous oblige. Ce point-d'honneur, à qui vous vous ſacrifiez, vous perſuade que, trop heureux d'avoir rempli un devoir qui vous paroît indiſpenſable, il vous ſuffira pour vivre content. Mais vous en connoîtrez trop tard l'abus. Si vous êtes aſſez malheureux pour exécuter ce projet chimerique, cette fumée de bienſéance étant diſſipée, il ne vous reſtera d'effectif qu'une mechante femme, avec le déſeſpoir de vous y être lié, qui vous fera mourir de chagrin.

Ce ne ſera pas le tout, ajouta-t-elle, vous verrez continuellement Mademoiſelle Julie ; & l'obſtacle que vous aurez mis entre vous & elle, vous la rendant plus chere, vous donnera un tourment continuel ; tandis que cette pauvre enfant, qui auroit pu être heureuſe dans ſon

Couvent, avant d'en sortir & de vous connoître, ne le pourra être auprès de vous, en partageant l'amour qui vous occupera, & qui peut-être, se cachant mal aux yeux pénétrans de votre tyran, l'obligera à la chasser ignominieusement de chez vous, où il ne vous sera pas permis de la retenir, ni de prendre son parti; parce que cette fiere aînée a sçu si bien s'accréditer dans le monde, que si vous vouliez entreprendre de vous soustraire à sa domination, vous ne pourriez éviter d'encourir le blâme géneral. De plus, il faut absolument que vous deveniez parjure à l'une ou à l'autre, puisque vous avouez que vous avez aussi promis à la cadette d'être son mari. Vous ne croyez pas apparemment, que le serment fait en secret & volontairement soit moins sacré que celui que l'on vous a forcé à faire en public, en vous abusant sur le grand honneur qui feroit l'action de relever une Maison que votre Pere a persécutée injustement, à ce qu'ils disent.

J'AVOUE, poursuivit-elle, sans lui donner le tems de lui répondre, que la promesse que vous avez faite à l'aînée, est la premiere en date : (mais en faisant réflexion à ce que je viens de vous dire, & en vous souvenant que ce n'est point par votre choix que vous vous êtes engagé ; au contraire, ne l'ayant fait que par foiblesse... pardonnez le mot) & que si vous aviez vu Julie la premiere, vous auriez décidé en sa faveur, sans que le Marquis leur pere vous eût refusé celle-là plutôt que l'autre, vous ne vous croiriez point assez engagé pour ne vous pas croire encore libre de choisir. Après tout, quel tort lui avez-vous fait jusqu'à présent ? Avez-vous empêché quelque fortune? S'est-il présenté quelqu'un pour l'épouser? je ne le crois point: son grand merite n'a pas été jusqu'à lui faire trouver un mari; & en la laissant pour ce qu'elle vaut, vous n'avez rien à vous reprocher. Je crois même qu'elle vous en doit de reste; puisque les mains-levées que vous avez données de leurs revenus, ont remis le Pere & la fille dans une opulence dont ils ne devroient pas faire un si grand usage, s'ils étoient plus raisonnables. Mais elle le gouverne, & il suit son goût pour la grande dépense; tandis qu'ils pourroient faire des épargnes pour leur cadette, plutôt que de la jetter sur vos bras. Pour moi je ne puis m'empêcher de dire que des gens qui vous prennent si ouvertement pour leur dupe, meritent un peu d'être celle de votre inclination; & que votre honn ur ni votre conſcience n'en ſont point du tout bleſſés. Ces dangereux diſcours flattoient trop le Comte pour les interrompre. Loin d'impoſer ſilence à ce nouveau Caſuiſte, il l'écoutoit avec plaiſir, aidant lui-même à ſe perſuader qu'elle avoit plus de raiſon que lui, & que ſes ſcrupules étoient hors de ſaiſon. Traitant en effet de foibleſſe la crainte de l'irrégularité du procédé qu'il lui faudroit avoir, ſes remords ſe diſſipant inſenſiblement, il ſe détermina à ſuivre ſon penchant, & à s'en faire une eſpece de néceſſité. La ſeule choſe ſur laquelle il reſta embarraſſé, ce fut ſur le moyen d'apprendre à M. de Marſange un changement qu'il étoit convaincu qui ne ſeroit pas de ſon goût, & ſur celui de le lui rendre moins déſagréable.

Après y avoir bien rêvé, il ne trouva point de meilleur expédient, pour lui faire agréer ſon nouveau dessein, que d'engager le Vicomte à le lui proposer. Son amour lui persuadoit qu'il donneroit de si bonnes raisons à son Oncle, pour le convaincre, que ce ne seroit pas une affaire fort facheuse pour le Marquis, qu'il ne voulut point douter un moment de son approbation; & par conséquent du succés d'une entreprise, qui, selon son amour & sur les principes de sa Nourrice, n'avoit aucune difficulté.

La facilité qu'il croyoit voir à son exécution l'affermissant dans ce dessein, le Comte se présenta sans tarder dans l'appartement de son Oncle, qui s'étoit couché aussi-tôt après le départ de la compagnie, & qui n'étoit point encore levé, quoiqu'il y eût plus de douze heures, ayant même mangé un potage dans son lit.

On le desservoit quand le Comte entra, qui lui fit des complimens de ceux qu'il venoit de quitter à Marſange. Il l'entretint d'abord ſur ſa ſanté : mais paſſant enſuite à la fête qu'il avoit donnée & qui avoit été parfaitement exécutée, il lui en demanda ſon avis ; ſur quoi le Vicomte lui témoigna qu'il en étoit parfaitement content, & donna de grandes louanges à ceux qui l'avoient ſi bien ſervi ; diſant qu'elle étoit digne de la bonne compagnie qui s'y étoit trouvée. Cet entretien le conduiſit naturellement des louanges de la fête à celles de la Demoiſelle à qui elle étoit donnée, lui faiſant le portrait de Mademoiſelle de Marſange, tel qu'elle lui avoit paru ; en l'aſſurant que plus il avoit examiné cette charmante perſonne, plus il lui avoit trouvé d'appas & de merite.

J'EN ſuis enchanté, lui dit-il, & ma joie eſt extrême de connoître que l'on ne peut être plus heureux que vous le ſerez avec une perſonne qui joint auſſi parfaitement le brillant au ſolide. Comme je ne puis douter de l'empreſſement que vous avez de la poſſéder, je vous invite à terminer promptement une affaire qui ne peut l'être trop-tôt pour votre bonheur, & que je deſire avec autant d'empreſſement que vous-même.

QUELQUE préparé que dût être le Comte à un diſcours ſemblable, il ne put entendre, ſans rougir, que ſon Oncle fût auſſi éloigné de connoître ſes ſentimens ; & il lui répondit, d'un air embarraſſé, qu'il ne diſconvenoit point du merite de cette Demoiſelle. Mais, mon cher Oncle, ajouta-t-il en baiſſant les yeux, cette fille ſi charmante & ſi polie, pour ceux à qui elle veut plaire, n'eſt pas la même avec les perſonnes qu'elle croit qui dépendent

d'elle :

d'elle : & comme elle me fait connoître depuis long-tems, par les procédés qu'elle a à mon égard, qu'elle compte que je dois lui être subordonné, je vous assure que je lui découvre tous les jours des défauts dans l'humeur, qui, en me fournissant des réflexions désagréables sur l'avenir, ralentissent beaucoup mes empressemens.

Vous me surprendriez, répliqua le Vicomte, en le regardant fixement, si je ne m'étois point apperçu que ce discours n'est fait que parce qu'il y a entre vous quelques tracasseries d'Amans. Apparemment que sa délicatesse a été offensée par des honnêtetés trop marquées que vous avez faites devant elle à quelques-unes des Dames qui étoient à Marsange, & que pour s'en venger & vous donner de l'inquiétude, ayant minaudé le Chevalier de ***, elle a mieux réussi à vous allarmer, que peut-être elle n'en avoit l'intention. Mais je vous proteste que vous pouvez vous tranquilliser. Puisqu'elle vous tendoit un tel piége si grossierement, qu'il falloit être comme vous aveuglé par le bandeau de l'Amour, pour ne pas connoître que ce n'étoit point un moûvement naturel qui la faisoit agir, elle prenoit visiblement autant de soin pour faire remarquer sa coquetterie, qu'elle en auroit pris pour vous la cacher, si elle eût été effective. Je vous avoue que cette affectation m'ayant frappé, je l'ai observée sans qu'elle s'en soit apperçu ; & j'ai remarqué qu'elle cessoit ces agaceries, dès que vous n'étiez pas en place pour les voir. Cette remarque, jointe à la précaution que vous avez prise à mon arrivée, pour m'empêcher de parler de votre mariage sur le prétexte frivole d'une prétendue bienséance, je me suis tout d'un coup mis au fait des interêts présens de vos amours. Mais cependant imaginez-vous que ces bagatelles, qui sont l'essentiel des Amans, disparoissent aussitôt qu'ils sont époux. Une fille comme elle ne peut vous donner d'appréhension sur sa conduite à venir.

Je voudrois pouvoir ne pas être aussi certain du contraire, que je le suis, reprit le Comte ; & ne point prévoir le malheureux sort qui m'attend, si je ne puis éviter de lui donner la main. Je la connois trop parfaitement pour m'aveugler sur son compte. Les experiences trop fréquentes que je fais de sa fierté & de ses manieres, aussi hautaines que méprisantes & capricieuses, ne me permettent point de douter quelle seroit ma destinée ; car avec ces qualités éblouissantes de vertu, d'esprit & de bonne conduite, personne ne s'entendra mieux qu'elle à faire enrager un mari, ayant une si haute opinion d'elle-même, que l'excès de ses rares perfections dégénere en défauts insupportables ; parce que c'est ce qui la rend orgueilleuse, & qui lui donne les airs de mépris & de superiorité dont elle m'accable actuellement, & qui redoubleront sans doute, si elle parvient à ne plus craindre de ma part que des regrets inutiles d'avoir pris avec elle des engagemens indissolubles.

Enfin, M. poursuivit-il, daignez me faire l'honneur de me croire & de vous imaginer qu'elle est d'une inégalité sans exemple ; & que ses caprices sont d'autant plus redoutables, qu'il est impossible de prendre de mesures pour les prévenir. Si on s'y soumet, on est accablé des effets de son humeur imperieuse ; mais pour peu qu'elle rencontre de résistance, on la rend plus aigre & plus acariâtre ; ensorte que cet esprit, qui vous paroît si doux & si complaisant, est dans le vrai si intraitable, qu'il n'est bon qu'à détruire la patience de ceux qui ont le malheur de vivre avec elle.

VOILA un portrait bien chargé pour sortir du pinceau d'un homme qui aime, répartit le Vicomte, & il me semble que vous n'en parliez pas dans ces termes quand vos lettres m'en faisoient la peinture. Elles étoient trop pressantes pour que je pusse soupçonner que vous étiez si empressé pour vous donner un tyran ; & comme ces deux portraits sont forts opposés, je vous prie de me permettre de choisir celui que je croirai le plus vrai. Parlons net, mon Neveu, poursuivit-il, & convenez que ce ne sont point ses défauts effectifs qui vous font penser de la sorte ; mais que c'est votre seule inconſtance. Vous ceſſez d'être amoureux & vous... Amoureux, Monſieur, s'écria le Comte; je vous jure que je ne l'ai jamais été d'elle. Mon penchant à la paix, la compaſſion pour ſon état, les repréſentations que l'on m'a faites ſur les circonſtances qui ne me permettoient pas de ſecourir cette Maiſon ſans en devenir le gendre, m'ont ſeuls guidés; & j'ai ſacrifié mon goût pour la liberté au deſir de ne point ruiner une famille diſtinguée, qui nous eſt alliée de ſi près; ce ſont les ſeuls motifs qui m'ont fait conſentir à épouſer Mlle de Marſange. Il me ſemble que j'en agiſſois aſſez généreuſement pour qu'elle eût dû reconnoître des procédés auſſi honnêtes d'une autre façon qu'elle n'a fait, ſurtout après les ſoins que j'y ai ajoutés. La peur qu'elle ne crût que je voulois lui ſurvendre mes bienfaits, m'a porté à des ſoumiſſions &

à des complaiſances que je n'aurois point penſé à témoigner à toute autre, qui n'auroit pas comme elle tenu tout de moi. Je crois avoir l'honneur d'être connu de vous, & je me flatte que vous me rendrez aſſez de juſtice pour convenir que vous êtes convaincu que je n'aime point à faire valoir mes bienfaits; mais auſſi elle n'auroit pas dû me pouſſer à bout.

Vos raiſons me ſemblent bien tirées, reprit le vieux Neuger, en ſouriant amerement; mais vous ne m'ôterez point de l'eſprit qu'elles ne ſont que ſuperficielles, & que vous me cachez les veritables.

Elle a des caprices, dites-vous: eh! qui ſont les belles qui en ſont exemptes? De plus, M. le Comte, examinez votre conduite ſans prévention, & me dites ſincerement ſi vous ne vous les êtes point attirés par les vôtres, & ſur-tout par la lenteur

& l'indolence que vous apportez à terminer une affaire dont il ne seroit pas séant qu'elle vous parlât, & pour qui, au contraire, il est indécent que vous témoigniez si peu d'empressement. Sa vanité & son amour pour vous en sont apparemment choqués... Que dis-je, apparemment, rien n'est plus certain: c'est de-là que naissent ses caprices, qu'elle n'ose vous expliquer; mais faites votre devoir & vous les verrez cesser aussi-tôt.

CROYEZ-MOI, poursuivit-il, hâtez-vous d'assurer son sort & le vôtre : c'est le seul moyen de fixer ses caprices. Puisque vous convenez qu'elle a de l'esprit & de la vertu, elle sçait apparemment son devoir; & quand elle sera à vous, elle sçaura mettre des bornes à ses inégalités, que la qualité d'Amante autorise, & que celle de femme détruira à l'instant.

Fin de la seconde Partie.

www.ingramcontent.com/pod-product-compliance
Ingram Content Group UK Ltd.
Pitfield, Milton Keynes, MK11 3LW, UK
UKHW020143200726
13856UKWH00003B/815